LA ÚLTIMA
SIRENA

Papel certificado por el Forest Stewardship Council®

Primera edición: noviembre 2018

© 2018, Eva Millet
© 2018, Penguin Random House Grupo Editorial, S. A. U.
Travessera de Gràcia, 47-49. 08021 Barcelona
© 2018, Romy Berntsen, por las ilustraciones

Printed in Spain – Impreso en España

ISBN: 978-84-17424-25-1
Depósito legal: B-22.903-2018

Compuesto en Infillibres, S. L.

Impreso en Cayfosa (Barcelona)

BL 2 4 2 5 1

Penguin
Random House
Grupo Editorial

LA ÚLTIMA
SIRENA

Eva Millet

B DE BLOK

*Para Olivia, la primera que escuchó
(y leyó) está historia. Y para María,
Helia y Greta.*

PRIMERA PARTE

I

LA CARTA EN TINTA VERDE AGUA

Dos meses en una isla, con unos tíos abuelos a los que no conocía.

Definitivamente, ese verano, las vacaciones de Clara iban a ser distintas.

No iba a pasar un mes en Irlanda, como estaba previsto desde hacía tiempo, para perfeccionar su inglés. Ni iba a volver a la Provenza para seguir aprendiendo francés. Tampoco iba a pasar por los diferentes talleres de verano (deportivos, artísticos, de matemáticas, de cocina... Clara había perdido la cuenta) a los que estaba acostumbrada.

No, ese verano las cosas iban a ser diferentes. El programa que los padres de Clara tenían diseñado para ella desde el momento en el que vino al mundo, hacía ya once años, iba a ser modificado por primera vez. Aquellas vacaciones, los planes no se encaminaban a convertirla en una elegante señorita cuatrilingüe, tan llena de conocimientos que sería imposible que no entrara en la mejor universidad ni que se convirtiera en una persona importantísima. No, ese verano los planes se reducían a enviarla a pasar más de dos meses en una isla diminuta del Mediterráneo —que, por no tener, no tenía ni aeropuerto—, en compañía de dos viejos a quienes Clara no había visto nunca.

Las razones del cambio en el programa eran poderosas: los papás de Clara, que hasta hacía poco habían vivido a todo tren, no tenían ni un euro. Estaban prácticamente arruinados. Desde hacía unos meses, el entorno de Clara se había transformado: ya no había dos coches en el garaje de su casa, ni una señora permanentemente al servicio de la familia. Ni tampoco estaba Molly, la encantadora canguro que la iba a recoger al colegio y le hablaba en inglés todo el rato. También se habían acabado la semana de esquí en los Alpes y las escapadas a capitales europeas durante los puentes, así como la sucesión de extraescolares que la mantenían ocupada cada tarde.

La situación empezó a cambiar el día en que Clara llegó a casa después de su extraescolar de música y se encontró, sentado en uno de los taburetes de la cocina, a su padre, un señor al cual no veía muy a menudo. Debido a su trabajo de ejecutivo de una gran empresa, como describía su madre, su padre se pasaba prácticamente el día en el despacho, de reunión importante en reunión importante, o viajando, de país en país. Sin embargo, aquella tarde de lunes estaba en casa antes de la cena, con el rostro descompuesto y un vaso de güisqui en la mano. Y junto a él estaba su madre, la cual tampoco solía estar en casa a esa hora porque —aunque no lo decía tanto como su padre— ella también trabajaba muchísimo. Tenía, asimismo, el rostro desencajado y le acariciaba con ternura el cabello a su marido, aunque él no parecía darse cuenta. Su padre no miraba a ningún sitio: tenía los ojos, pensó Clara, como si fueran de cristal.

Esa tarde, la vida familiar de Clara dio un vuelco. Tras una cena un poco angustiante —en la que su padre no tocó la verdura al vapor ni el pescado a la plancha, sino que se tomó otro güisqui—, él se fue a acostar, siempre con esa mirada vidriosa. Fue entonces cuando su madre la informó de que su padre había sido despedido de la gran empresa, pero que no se preocupara, que en pocos días encontraría un trabajo tan bueno como el que acababa de perder.

Pero pasaron los días, las semanas y los meses y el trabajo no aparecía. Su padre seguía en el paro. A causa de ello, empezaron a llegar «los recortes», como los lla-

mó su madre: primero se marchó Molly y, después, se redujeron al mínimo las horas de su querida Yola, que pronto encontró otra casa en la que trabajar como fija y no tuvo más remedio que despedirse. También desapareció el Porsche que había hecho tan feliz a su padre el día que lo compró y se puso a la venta la masía del Empordà, donde iban los fines de semana y en agosto.

Un día, con lágrimas en los ojos, su madre le anunció que iba a cambiar de escuela.

Como el próximo curso Clara empezaba Secundaria, el paso de su exclusivo colegio privado a uno «más sencillo», como decía su madre, no sería tan traumático para todos. Clara, la verdad, no estaba nada traumatizada, sino encantada de conocer a gente nueva, cambiar de ambiente y, especialmente, perder de vista a las rubísimas gemelas Codonyà, con las que había compartido aula desde parvulario. Aunque supuestamente las hermanas eran sus mejores amigas, a menudo le hacían la vida imposible, dejándola de lado o burlándose de cosas como el tipo de mocasines que llevaba Clara, de su pelo rizado y castaño (tan diferente al de las gemelas, liso y oxigenado como el de una Barbie) o del pequeño lunar que tenía en una mejilla. En más de una ocasión, Clara ya había pensado que su vida sería mucho mejor sin tanta presencia de las Codonyà, pero sus padres parecían tan horripilados con la idea de que su hija ya no fuera de uniforme y dejara a unas amistades «tan buenas», que ella les siguió la corriente e, incluso, soltó unas lágrimas (falsas) cuando le comunicaron la noticia sobre su cambio de escuela.

En los recortes también entraban las actividades

durante las vacaciones de Clara, que, desde que ella recordaba, consistían en un frenético ir y venir de escuelas, cursos y campamentos de verano en los que aprendía idiomas, tenis, natación, danza, expresión artística, yoga, equitación, programación o la última actividad de moda para niños. A ese frenesí se le añadían tres semanas en la masía del Empordà, con sus padres. Esas eran supuestamente las vacaciones «en familia», pero consistían en otro frenético intercambio de visitas, comidas y cenas a masías de conocidos, salidas en barco cuando el viento del norte lo permitía y tardes de compras en una población costera abarrotada de gente y coches llamada Platja d'Aro.

Los veranos de Clara, hasta aquel entonces, habían requerido de una programación exhaustiva, pero, desde que los recortes irrumpieron en la vida familiar, la cuestión «Qué actividades va a hacer Clara este verano» no se mencionaba. Llegó el mes de mayo y su madre todavía no le había hablado de cuál sería el programa de aquel año.

Sin embargo, un domingo por la mañana, el único momento de la semana en el que la familia de Clara compartía mesa de desayuno, se habló, finalmente, del programa.

Estaban los tres, madre, padre e hija, sentados alrededor de la mesa de la cocina. Su madre, como solía ocurrir, llevó la voz cantante. Le recordó a Clara que las cosas estaban «muy difíciles» y que ese verano iba a ser «muy distinto». Su padre estaba a punto de entrar a trabajar en una nueva empresa, pero las condiciones, dijo, eran «muy diferentes» a las de antes. Entre otras cosas, ese verano él no iba a tener días de vacaciones. Ella tampoco: desde que su esposo perdió el trabajo hacía más horas extras que nunca en su oficina. Además, estaban a punto de vender la masía del Empordà. «Y yo me tendré que encargar de vaciarla», suspiró.

Todo ello, resumió su madre, implicaba que ambos iban a estar «muchas horas fuera de casa». Lo cierto es que ese último punto no representaba ninguna novedad para Clara. Sus padres, desde que tenía uso de razón, pasaban muchas horas fuera de casa, pero la diferencia es que ahora ya no estaban ni la dulce y paciente Yola ni la simpática Molly para prepararle la cena, recogerla del colegio, llevarla a la siguiente actividad y ayudarla con los deberes. «Tienes once años, aún no puedes quedarte sola en casa», sentenció su madre. «Ni tampoco», añadió, «podemos mandarte este año a Inglaterra ni a Francia, ni muchísimo menos a un *summer-camp* en Estados Unidos, como van a ir este año las Codonyà». La mención de las hermanas y su brillante perspectiva hizo que su madre tuviera que detenerse unos segundos y respirar intensamente antes de continuar. «Pero», prosiguió, tratando de sonreír, «parece que hemos encontrado una solución. Una solución aceptable», remarcó y, acto seguido, en un momento sin precedentes en una situación familiar de este tipo, le pasó la palabra a su padre.

Aunque su padre estaba acostumbrado a tomar importantes decisiones empresariales, a hacer presentaciones en público y a participar en juntas de alto nivel, la idea de hablar con su única hija se le hacía muy difícil. Mientras emitía un sonido ininteligible y buscaba algo en el bolsillo de su albornoz, Clara lo miraba fijamente.

Su padre extrajo por fin lo que parecía un pedazo de papel cuadrado y se lo tendió a su hija. Clara lo cogió con mucho cuidado. Había oído hablar de ellas y, de hecho, las había visto: a casa llegaban unas cuantas, sí, pero siempre estaban mecanografiadas y procedían, básicamente, del banco. Sin embargo, lo que su padre le había dado era una carta auténtica: con dirección y remitente escritos a mano y sellos de colores franqueados. Su padre había tenido la delicadeza de abrirla con uno de esos abrecartas que decoraban la mesa de su estudio: utensilio, mueble y espacio que, respectivamente, jamás utilizaba. Clara extrajo con cuidado del sobre un papel doblado, fino y liviano. Desplegó la hoja y, tras buscar la mirada de su

padre, quien asintió con la cabeza, dándole así su aprobación, empezó a leer su contenido. La letra era clara y grande, escrita con tinta color verde agua. Aunque después la releería una y otra vez, poco imaginaba Clara que aquel texto iba a cambiarle la vida.

Querido sobrino:

Me alegro muchísimo de saber de ti y de Elena después de tanto tiempo. Me alegra también saber que vuestra hija Clara está bien y que es una niña tan lista y tan bien preparada.

Por otra parte, lamento de veras vuestra difícil situación actual y espero que podáis resolverla pronto. Tanto Esmeralda, quien os envía muchos recuerdos, como yo estaremos encantados de tener en casa a Clara este verano.

La isla ha cambiado mucho en los últimos años, pero la casa y la playa siguen igual. Son nuestro refugio. De hecho, ayer no había luna y Esmeralda y yo fuimos a ver la fosforescencia en el mar. Esmeralda se bañó y era hermoso ver todas las estelas que provocaba su nado. ¡Hay cosas que nunca cambian! Bueno, me voy por las ramas. Lo dicho: será un placer alojar a Clara. Dile que es imprescindible que se traiga libros, bañador, gafas de buceo y cosas para dibujar. Por aquí no hay niños y así no se aburrirá. Puedes llamar al bar de Antonio y dejar dicho cuándo llega. Cuando bajo al pueblo siempre paso por allí, a tomarme algo. Nosotros seguimos sin teléfono: consideramos la idea de tener un móvil, por si hubiera una emergencia, pero en la casa no hay cobertura, así que lo dejamos estar. Pero no os preocupéis: la vida sigue muy tranquila y Esmeralda y yo estamos seguros de que vuestra hija estará encantada.

Lo importante aquí es saber nadar.

Un abrazo a los tres,

Juan

Clara terminó de leer la carta y, con una expresión inquisitiva, miró a sus padres.

—Ahí es adonde vas este verano, sí —respondió su padre, sin esperar a la pregunta—. Con tus tíos abuelos Juan y Esmeralda. A la isla.

2

DELFINES, ADELFAS
Y MANZANILLA

El día después de acabar el curso, Clara ya estaba camino a la isla.

Si hasta ahora había tenido una idea más bien vaga de la situación de sus padres, el hecho de que su madre —quien hasta ahora o la había acompañado o la había hecho acompañar a todos y cada uno de los miles de sitios a los que la había apuntado, inscrito o matriculado— no fuera con ella en el viaje en barco hasta la isla la reafirmó en que las cosas no iban nada bien. En sus once años de vida, Clara no recordaba haber ido, jamás, sola a algún sitio: a la escuela la llevaba Yola, quien también se encargaba de los pequeños recados, como ir a comprar el pan, porque Clara tenía prohibido bajar a la calle sin compañía. «Hay mucha gente mala por ahí», le decía su madre, como toda explicación.

Y de la escuela la recogía Molly, quien también se encargaba de llevarla a la actividad que le tocaba ese día, esperar a que acabara y acompañarla a casa. Siempre hablándole en inglés, naturalmente. Su madre reservaba su presencia para los acontecimientos más extraordinarios: como esas dos semanas, el año pasado, en unas colonias de francés y teatro con las Codonyà, en la Provenza. O el campamento de cocina e inglés en la Conca de Barberà de dos veranos atrás. Afortunadamente, a este no fueron las rubísimas gemelas, porque las enviaron a un campus deportivo en Tarifa, con «presencia de estrellas de la NBA y del Circo del Sol», como le explicaron las hermanas, que eran bastante fardonas. En estos casos especiales, su madre se pedía un día libre en el trabajo y acompañaba a su hija hasta la mismísima habitación. Una vez allí, comprobaba que todo estuviera correcto: se estiraba en la cama, para cerciorarse de que el colchón era lo suficientemente firme, tocaba las sábanas, para ver si eran suaves, y las olía, para verificar que habían sido lavadas. También abría los grifos de la ducha, para comprobar la presión, y examinaba la limpieza de las superficies del dormitorio. Si podía, se quedaba a comer, para ratificar que su hija no iba a consumir ningún alimento indeseable. Aunque en su casa siempre se había comido sano, desde hacía un par de años la comida era una verdadera obsesión para la mamá de Clara. Ahora todo —frutas, verduras, pescados, lácteos, carne, pasta— era «completamente orgánico». La leche se tomaba sin lactosa, el pan jamás era blanco y el azúcar brillaba por su ausencia desde que la madre de las Codonyà le pasó por internet a su madre un artículo sobre los peligros de esta sustancia. Al parecer, era lo peor que una madre podría darle a su hija: azúcar. Así que, para consternación de Clara, desaparecieron cualquier tipo de chucherías de su vida, además de las galletas con forma de dinosaurio que tanto le gustaban y los botes de Nocilla que la habían acompañado en algunas meriendas. En sus fiestas de cumpleaños se sustituyeron las Fantas y las Coca-Colas por zumos orgánicos y los brioches de jamón y queso con mantequilla, que tanto le gustaban, por rollitos vegetales con pan de cereales. Las patatas fritas, aunque fueran de churrería, también se prohibieron. La única concesión fue conservar el pastel de chocolate, el favorito de Clara, pero se encargaba a una pastelería orgánica que conocía la madre de las Codonyà.

Así que esa mañana de junio su madre la acompañó en coche hasta el puerto donde partía el barco que la llevaría a la isla en la que vivían sus tíos. El trayecto fue poco memorable. Su madre se pasó medio viaje hablando por teléfono con el manos libres sobre temas de trabajo. La otra mitad la pasó ensimismada en la carretera, que, a medida que bajaba hacia el sur, empezaba a desdibujarse por el efecto del intenso calor.

En el maletero del inmenso coche, un todoterreno en el que siempre se había sentido algo perdida, reposaba la maleta de ruedas que habían preparado el día anterior para los casi tres meses de verano. Su contenido había provocado más de una discusión entre madre e hija. Finalmente, se alcanzó un consenso: la maleta se llenó con tres bañadores, tres shorts y un tejano, varias camisetas, un par de «suéters-por-si-acaso», sandalias, unas bambas, unos crocs, un chubasquero y una toalla.

Clara también se había llevado el cuaderno y las acuarelas que le dio su canguro inglesa como regalo de despedida y tres libros: el de chino, el cuaderno de tareas de vacaciones y una novela que recibió en su último cumpleaños y que no había tenido ni tiempo de abrir. No era que a Clara no le gustara leer; simplemente, su agenda semanal era tan apretada que cuando se metía en la cama estaba tan cansada que no tenía fuerzas para concentrarse en un libro. Hubo un tiempo, cuando era más pequeña, en el que su madre solía contarle un cuento antes de ir a dormir. Eran historias estupendas: de ratitas que soñaban con ser bailarinas profesionales, de topos y sapos que vivían bajo los sauces, de islas con monstruos con dentaduras enormes, orugas que no paraban de comer y niños pobres que se metían en fábricas de chocolate. Pero aquel lujo acabó, porque en el colegio de Clara apostaban por el aprendizaje precoz de la lectoescritura y pronto su madre la inundó de libros «didácticos», con grandes letras, súper aburridos, que tenía que estudiar antes de ir a dormir.

Cuando llegaron al puerto, el barco ya estaba en el muelle. Era pequeño y tenía forma de flecha: «Es un ferry rápido y por eso tiene esa "aerodinámica"», le comentó su madre. La pena era que no podía salir a cu-

bierta durante el trayecto. «Aunque casi mejor, así no te caes por la borda», remató. Por no discutir, Clara se mordió la lengua, pero se moría de ganas de decirle a su madre que no iba a caerse por la borda de un barco, por rápido y aerodinámico que este fuera.

Antes de bajarse del coche, ambas ensayaron de nuevo el plan diseñado para el periplo: «Te acompaño al barco y te dejo en tu asiento. Antes hemos dejado la maleta en la zona destinada a ellas. Recuerda que cuando vayas al baño has de echarle siempre un vistazo a la maleta. Me despido con un beso y te quedas en tu asiento. Y no te muevas de tu sitio, a no ser que tengas que ir al lavabo. Si tienes hambre, hay bocadillos, fruta, galletas orgánicas y agua en tu mochila. NUNCA dejes tu mochila, allí tienes el móvil y un poco de dinero para estos días. La travesía dura tres horas y media. Cuando veas que el ferry llega a puerto y que los pasajeros se levantan, tú también lo haces. Coges tu maleta y bajas a tierra. En el muelle, a unos doscientos metros del lugar donde atraca el barco, está el bar de Antonio. No tiene pérdida: tiene un toldo verde con letras blancas que dicen: BAR ANTONIO. Allí estará tu tío abuelo, Juan. Lo reconocerás porque es bastante alto y tiene un bigote muy espeso. Además, suele llevar una gorra azul, de marino, como la del capitán Haddock, de Tintín.»

Tintín. A Clara siempre le había gustado leer Tintín y, durante esas largas horas de viaje en el barco, deseó más que nunca tener alguno de esos álbumes de lomo amarillo. El móvil que llevaba en la mochila no tenía cobertura y el iPad estaba en la maleta. Para no incumplir las instrucciones de su madre, no se atrevió a levantarse e ir a buscarlo. ¡No tenía nada, nada, con que entretenerse! Como algo gigantesco pero invisible, el aburrimiento se apoderó de ella dejándola completamente atontada. Estaba desesperada. No llevaba ni una hora de travesía, pero ya se había comido todo el pícnic. Hasta la última miga y el último mordisco. También había contado cuatro veces el dinero de su monedero y había encendido y apagado su móvil otras cuatro veces, con la esperanza de poder conectarse al chat que tenía con las Codonyà.

Pero nada. No había cobertura.

El desespero fue tal que Clara decidió que lo mejor sería tratar de dormirse, aunque fuese pleno día. Se apoyó en la ventana y cerró los ojos, pero tampoco sirvió de nada: seguía despierta y aburrida. «Aburridísima, voy a morirme de aburrimiento», suspiró, mientras abría los ojos y los fijaba en el mar. Como último recurso, intentó pensar en una de esas historias de miedo que tanto le gustaban y que se contaban entre las amigas, en las fiestas de pijama que habían empezado a ponerse de moda en su clase. Pensó en payasos asesinos, en fantasmas de gemelas (como las Codonyà) cogidas de la mano y apareciéndose en pasillos de hoteles desiertos. En niñas de once años, como ella, pero con un poder mental tan grande que eran capaces de provocar explosiones y mover camiones de sitio. Y en sesiones de espiritismo con «ectoplasmas»: fantasmas que, para aparecerse, adoptan forma de slime, esa sustancia viscosa que tanto le fascinaba a Clara y que, en sus escasos ratos libres, durante el fin de semana, intentaba fabricar en el lavabo de casa, siguiendo las instrucciones en YouTube.

Pensar en todo aquello, mientras mantenía la vista en la superficie azul, la distrajo un poco. Sin embargo, un ansia irresistible obligó a su mente a dejar de vagar y a volver a abalanzarse sobre el móvil para intentar, por quinta vez, chatear con las Codonyà.

Nunca llegó a hacerlo porque, justo en el momento en el que cogía el teléfono, los vio.

Delfines. Eran delfines. De un gris oscuro y reluciente, emergían del mar dando unos saltos fantásticos, como si estuvieran tratando de competir con el barco. A Clara le parecieron enormes y muy ágiles: como saltimbanquis infatigables, entraban y salían del agua sin descanso, dejando a su paso una estela de espuma. Clara contó seis delfines, dos de ellos más pequeños pero igual de gráciles que el resto. En algún momento, los pudo ver tan cerca que le pareció que le sonreían, que estaban haciendo todo aquel espectáculo para ella. Embelesada, perdió la noción del tiempo. Jamás había visto una cosa tan genial en su vida. «Un millón de veces mejor que chatear con las Codonyà», pensó.

Aunque ni el aburrimiento ni los delfines habían sido factores tenidos en cuenta, el resto del viaje sucedió tal y como su madre había planeado. El barco llegó a puerto puntualmente y, cuando los otros pasajeros empezaron a levantarse, Clara hizo lo mismo. Sus piernas estaban agarrotadas, ya que no se había movido ni para ir al lavabo, por lo que estaba muerta de pipí. Sin embargo, se aguantó. Cogió su maleta y se apresuró hacia la salida. Ansiaba respirar aire puro.

La recibió un soplo de viento cálido y aromático que olía maravillosamente bien. Todavía no conocía la isla, por lo que no podía saber que aquel perfume era la mezcla de las matas de manzanilla salvaje y el aroma dulzón de las flores rosadas y blancas de las adelfas, trufado con el olor punzante de la sal. El resultado era delicioso y Clara se quedó inmóvil unos segundos, llenándose los pulmones de aquella maravilla, desintoxicándose de la atmósfera cargada, aireacondicionada y aceitosa que había respirado durante tanto rato.

Solo un ligero empujón de un pasajero detrás de ella la sacó de su ensimismamiento. Empezó a caminar pasarela abajo, todavía disfrutando de aquel regalo in-

visible. El puerto era, sí, muy pequeño, y con una rápida mirada en panorámica vio el BAR ANTONIO. Bajo el toldo, que efectivamente era verde (¿cómo lo habría sabido su madre?, seguramente habría mirado en Google Earth), la esperaba su tío abuelo. Clara no tenía ni idea de cómo sería aquel pariente lejano y viejo. Su padre, que era quien supuestamente mejor lo conocía, solo le dijo que era «muy majo» y que Esmeralda, su esposa, era «una belleza». Su madre fue más locuaz, pero se refirió básicamente a temas de logística familiar: «Son muy agradables: llevan una vida muy sana, muy "natural". Esmeralda no puede andar, cuando la conocimos ya iba en silla de ruedas. Un accidente, creo. Pero cuidarán bien de ti», le dijo. «Además, tienen ayuda: Carmen, que ha estado con ellos toda la vida. Estarás bien.

Tienen una playa muy cerca. Una playa preciosa: vas a nadar mucho.»

Y eso fue casi todo. No sabía nada más de su tío abuelo y de su esposa, una belleza en silla de ruedas. Bueno, sí, algo más sabía: que no tenían hijos, que Juan era un marino retirado y que la finca era muy bonita. «Está en plena naturaleza, en una zona protegida. Creo que es la única casa en varios kilómetros a la redonda. Además, es impresionante de bonita», añadió su madre.

—¿Habéis estado allí alguna vez? —les preguntó la noche antes de partir, durante la cena especial que hicieron los tres juntos.

—Fuimos cuando aún éramos novios, hace muchos años —respondió, como siempre, su madre—. Un mes de septiembre. ¿Te acuerdas, Jorge? —le preguntó a su marido, quien asintió levemente—. Hacía todavía mucho calor y fuimos a bañarnos a la playa de noche, para ver la fosforescencia. ¿Que qué es la fosforescencia? Bueno, son como unos bichitos marinos, como luciérnagas de agua microscópicas que, cuando se mueve la superficie del mar, emiten una especie de luz blanca, fosforescente. En la playa cerca de casa de tu tío hay muchos y, especialmente en las noches sin luna, es cuando se ven mejor. Es como si nadaras en un mar de plata. Tu padre y yo fuimos esa noche y nadamos muchísimo rato. ¿Te acuerdas?, querido. Era un espectáculo... —su madre se quedó en silencio unos segundos, ensimismada por el recuerdo—. El agua fría, deliciosa, la fosforescencia. ¡Fue una cosa increíble! Incluso —añadió ahora algo agitada— llegamos a ver un delfín, un delfín enorme.

—Hombre, ¡el delfín! —sin esperar al tercer ¿te acuerdas? de su esposa, su padre intervino en la conversación—. Era una criatura enorme. Todavía recuerdo, como si lo viera ahora, cómo se escabulló mar adentro: con esa cola inmensa y verde, desapareciendo...

—Papá, los delfines no son verdes, son de color grisáceo —le interrumpió Clara y, acto seguido, se arrepintió de haberlo hecho porque qué importaba si los delfines eran verdes, azules o rosas, lo importante era que su padre le estaba contando una historia.

Pero ya era demasiado tarde. Su padre había dejado de contarle la historia.

—Pues tienes razón, hija —le dijo—. ¡Cómo se nota que vas a una escuela de élite! —Y, si iba a añadir algo más, no lo hizo, porque su madre empezó a medio emocionarse, comentando en voz alta que ya no iría más a esa escuela y empezó a hablar, otra vez, del antiguo empleo de su padre y de cómo les había cambiado la vida aquel despido y de cómo la reconcomía que Clara perdiera amistades tan buenas como las hermanas Codonyà.

A Clara le hubiera gustado decir que no pasaba nada, que en el fondo estaba encantada de dejar de ir a ese colegio, donde la habían machacado desde que era pequeñísima con cosas como la física y la química y el chino, y en la que la estimulación era tan intensa y continuada que acababa medio turulata cada día. Tampoco le importaba dejar de ver a las rubísimas gemelas Codonyà durante una temporada porque, aunque a veces le caían bien, eran unas hermanas un poco erráticas, que un día le estaban amiga y otro, no. Francamente, estaba muy ilusionada con el cambio y, también, empezaba a estar bastante contenta de ir a casa de su tío y dejar de oír cosas sobre el trabajo de su padre (el que perdió y el nuevo, que al parecer no era ni la mitad de la mitad de bueno que el anterior), sobre los recortes y la pérdida de estatus. Sobre el Porsche ya vendido de su padre y sobre la masía del Empordà, que su madre iba a tener que vaciar.

Sin embargo, como era habitual, Clara no dijo nada. No quería disgustar más a su madre e intuía que, si le decía lo que realmente pensaba, no le sentaría demasiado bien. Así que optó por callar, seguir comiendo y escuchar cómo su madre lamentaba de nuevo el fin de su «estilo de vida».

3

EL HOMBRE APESTOSO
Y LA REINA ELFA

Clara!, ¡¿cómo estás?! ¡Pero qué mayor eres! ¿Once años, dices que tienes? ¿Y es normal que seas así de alta? Bueno, qué cosas digo, imagino que sí. ¿Sabes qué pasa? Como no conozco niños ni niñas de tu edad, no sé muy bien cómo sois. En fin: ¿cómo ha ido el viaje? Pesado, ¿no? Ven, siéntate, nos tomamos algo antes de irnos a casa. Estarás muerta de sed. ¿Te apetece una limonada?, ¿Coca-Cola? ¿Que quieres ir al baño antes? Por supuesto, al fondo a la derecha. Una Coca-Cola, ¿entonces? ¡Marchando! Te estará esperando. Con hielo y limón. ¿Y unas patatas fritas?

Su tío abuelo llevaba, efectivamente, una gorra marinera color azul, idéntica a la del capitán Haddock, de Tintín, y tenía un poblado bigote gris. Era también un hombre alto y fornido. Pero su madre se había olvidado de decirle que también tenía los ojos algo achinados, de un bonito color marrón, como el de una castaña, y que a Clara, quien se dejaba guiar por las primeras impresiones, le pareció muy simpático.

Tras hacer un pipí larguísimo y sentirse bastante mejor, Clara se sentó en la mesa de la terraza del Bar Antonio, tomándose un largo trago de Coca-Cola y escuchando cómo su tío abuelo hablaba con el camarero que le había traído la bebida sobre el tiempo, los turistas de ese año y otros temas que no le interesaban. Disfrutó del extraño sabor de la Coca-Cola: desde que la madre de las Codonyà envió a la suya aquel artículo sobre el azúcar, le estaba prohibida en casa, por lo que, si se le presentaba una oportunidad como aquella, la aprovechaba. Respiró profundamente, inspirando un poco más de aquel aire delicioso que parecía envolverlo todo.

Así pasaron unos minutos: su tío Juan, hablando con el camarero, y ella, bebiendo Coca-Cola y comiendo patatas fritas, otra cosa que no probaba desde hacía tiempo. No sabía si era por el barco, el cansancio del viaje o por ese aire inaudito, pero Clara se sentía extrañamente relajada. De hecho, recapituló un poco y llegó a la conclusión que no recordaba haberse encontrado así ¡nunca! Quizá cuando era un bebé y la existencia consistía en hacer siestas, comer, pasear y recibir mimos. Pero de eso hacía tanto tiempo que, francamente, ya no se acordaba.

—Bueno, es hora de irnos. Esmeralda te espera con muchas ganas —le dijo su tío. Clara estaba tan ensimismada que no había reparado que se había levantado de la silla y le indicaba con su brazo el camino a seguir.

Mientras se encaminaban hacia el coche, su tío le iba

explicando cosas de la isla: que era tan pequeña y montañosa que no había sido posible hacer un aeropuerto, lo que era una suerte, porque así venía menos gente. Que la costa norte, donde estaba su casa, era muy rocosa y salvaje y que apenas había playas: la suya era una de las más grandes de esa zona, mientras que en la costa sur, más suave, había bonitos arenales y calitas de arena blanca. Que el agua dulce era escasa, aunque en la isla había algunas vetas de agua y un par de pequeños ríos. Uno de ellos, cerca de su casa, y con tortugas. Que la manzanilla salvaje crecía por todas partes y florecía justo ahora, al principio del verano, lo que explicaba aquel olor maravilloso. Y que siempre había habido abundancia de pesca en aquellas aguas, pero que, en los últimos años, cada vez había menos peces.

—Aquí, bueno, en todo el Mediterráneo. ¡En todos los mares del mundo, de hecho!, se ha pescado de mala manera. Con esas redes de arrastre gigantescas, que arrasan todo a su paso. Y con radares y otras técnicas modernas que hacen que se detecten los bancos y se pesquen todos, todos, los peces: grandes y pequeños. ¡Sin darles tiempo a reproducirse! —le dijo su tío, muy serio—. Afortunadamente, están empezando a tomar medidas y toda la costa de la isla es ahora un parque natural, donde no puede sacarse ni un erizo. Pero no todos cumplen las normas. Hay mucho pirata suelto —añadió, enfadado.

A Clara le hubiera gustado preguntarle a su tío si realmente había piratas en aquella isla o era una manera de hablar, pero se abstuvo. En cambio, decidió preguntarle otra cosa:

—¿Y delfines? ¿Todavía hay delfines aquí? Ayer mis padres me contaron durante la cena —de repente, aquella cena le parecía a Clara algo muy lejano— que la última vez que estuvieron aquí vieron uno, enorme, en la playa. Y yo hoy he visto una manada, viniendo con el barco.

—Bueno, alguno se ve, pero muy de vez en cuando, y no cerca de la orilla —respondió su tío, con vaguedad—. Pero mira, ya llegamos al coche.

El coche era un vehículo antiguo, de una marca que Clara no reconocía. Su tío estaba abriendo el capó para guardar su maleta y ella estaba pensando en ayudarlo de alguna manera cuando se oyó una voz desagradable que, literalmente, dejó paralizado a su tío:

—¡Juan! —se oyó—. ¿Tú por aquí? Hacía mucho que no te veía. ¿Cómo estás? ¿Cómo está Esmeralda?

La voz procedía de un hombre de edad indefinida, bajo y tan ancho de espaldas que no se sabría decir si era gordo o muy fuerte. Tenía un rostro desagradable: también ancho, con un bigote negro y una barba mal afeitada. Dos ojillos diminutos brillaban con intensidad. Si Clara hubiese sido más pequeña, seguramente hubiera corrido a abrazarse a las piernas de su tío, como hacía cuando algo la asustaba y corría a las piernas de su madre. Sin embargo, con once años y ante un familiar a quien apenas conocía, no podía reaccionar de esa manera. Así que se quedó lo más quieta que pudo, hasta que percibió el olor.

Era como si alguien hubiera machacado muchos pescados, con sus escamas y sus tripas, hubiera hecho una pasta con ellos y la hubiera dejado pudrir al sol para después frotársela por todo su cuerpo y sus ropas a conciencia. La peste que emitía aquel individuo era tal que Clara tuvo una arcada. Se contuvo de vomitar por eso, porque sabía que aquello hubiera sido de extrema mala educación. No quería quedar así de mal ante su tío, el primer día.

Pero, cuando Clara oyó cómo su tío respondía al saludo de aquel hombre, concluyó que quizá no hubiera sido tan malo si se hubiera puesto a vomitar.

Su tío se había repuesto de la parálisis inicial y se había acercado hacia el hombre maloliente (Clara no pudo dejar de admirarlo por ello). Con una voz que parecía estar afilada como un cuchillo, le dijo:

—¡Fuera de mi vista, Lucio! ¡Fuera! ¡Desaparece! —le gritó—. Y como te acerques a Esmeralda, a la casa o a la playa, te mato. ¿Lo has oído? ¡Te mato! —repitió.

Y, acto seguido, le dio la espalda al hombre. Puso la maleta en el capó y lo cerró con un golpe seco. Con un suave empujón, guio a Clara hacia el vehículo, le abrió la puerta y le indicó que se sentara. Clara estaba tan conmocionada por la situación que no se atrevió ni a mirar atrás, para ver si el hombre maloliente seguía allí o no. Su tío tampoco hizo amago de comprobar nada, sino que encendió el motor y dio marcha atrás bruscamente. Como no se oyó nada, Clara supuso que el hombre maloliente ya se había marchado porque, en caso contrario, su tío lo habría atropellado y, de esta forma, habría cumplido su amenaza de matarlo.

Pese a la brusca maniobra inicial, su tío conducía ahora de forma tranquila, con la vista fija en la carretera y en silencio. Clara, todavía petrificada por lo que había visto, olido y oído, también prefirió no hablar. Sin pedir permiso, bajó la ventanilla para disfrutar del aire perfumado y del paisaje que iba desplegándose a medida que avanzaban.

Pronto dejaron atrás las casas blancas del pueblo para discurrir por una zona de campos de cultivo, con olivos e higueras. La carretera empezó a ascender y a ambos lados se dibujó un bosque de pinos y encinas, cuyas copas matizaban el fuerte sol. El camino seguía subiendo por una colina ancha y poco después alcanzaron su punto más alto. Frente a ellos se extendía un valle largo y estrecho, paralelo a una costa agreste, lamida por el mar. En un extremo, destacaba una casona pintada de amarillo oscuro.

Su tío aceleró, así que Clara tuvo que darse prisa para asimilar el resto del panorama: el sol estaba muy alto y se re-

flejaba de un modo tan intenso en el mar que toda su superficie centelleaba, como agitada por estrellas medio locas. Sin darse cuenta, emitió un sonido de admiración.

—Es bonito, ¿verdad? —le dijo su tío Juan—. Yo llevo viviendo aquí casi toda la vida y todavía me emociono cuando llego a este punto de la carretera.

—¿La casa amarilla, es tu casa? —preguntó Clara, asombrada porque, aunque había estado en muchas casas bonitas (como la masía de sus padres del Empordà, sin ir más lejos, o la de las Codonyà), aquella le parecía excepcional.

—Sí. Esa es la casa de Esmeralda y mi casa —le respondió su tío—. Y —añadió amablemente— espero que durante estos meses también sea la tuya.

Clara se sintió cada vez mejor. Incluso se olvidó del hombre horrible y de lo que había dicho su tío. La carretera se iba estrechando y, en un cierto punto, tuvo que bajar del coche para abrir las barreras de madera que señalaban la entrada a la finca. El camino se transformó en una pista de tierra blanca, flanqueada por campos punteados por alguna palmera vieja y majestuosa o hileras de chumberas retorcidas. Tras una suave curva, apareció un muro imponente con una puerta de hierro: la entrada a la casa.

Su madre tenía toda la razón: era una villa soberbia. Tenía tres pisos y sus fachadas, color amarillo viejo, estaban tachonadas de ventanas con postigos color verde. Todos estaban cerrados a cal y canto, lo que daba la sensación de que la casa dormía.

Clara y su tío bajaron del coche. Él cargaba su maleta y caminaba, con pasos decididos, delante de ella. En la fachada principal, frente a la puerta, había una escalera de mármol con cuatro peldaños que se desplegaban como una gran lengua blanca. En su tramo superior los esperaban dos mujeres. Una estaba sentada en una silla de ruedas. La otra, alta y tiesa, estaba de pie junto a ella. Clara empezó a subir las escaleras y observó que la mujer tiesa tenía el cabello oscuro, recogido en un moño. Llevaba un vestido negro, con diminutas

flores blancas, y era muy delgada. Pero si esa mujer le resultó peculiar a Clara, la otra era tan excepcional que, en cuanto la vio, no pudo apartar sus ojos de ella.

Su tía Esmeralda (porque aquella criatura no podía ser otra persona que su tía Esmeralda) sonreía desde su silla. Vestía una túnica en tonos claros que llegaba hasta el suelo, ocultándole los pies. De hecho, lo único que su tía Esmeralda mostraba de su anatomía eran su largo cuello, la cara y los brazos. Clara pudo ver que su tía tenía una piel muy blanca y, pese a que debía de ser muy mayor, le pareció que muy fina. El cabello era también largo y ondulado y enmarcaba un rostro ovalado. Aunque en un principio creyó que la melena era rubia, una segunda mirada hizo que percibiera algunos mechones de color... ¡verde! Clara sabía que había señoras que, además de rubio, se tenían el pelo de rojo, de violeta y de negro. ¡Pero de verde! Nunca había visto antes un color así.

Pero cuando su tía la miró, con dos ojos grandísimos que parecían dos esmeraldas, aquel tono de cabello le pareció lo más lógico. Alguien con aquel color de ojos tenía que tener el pelo así, razonó.

—Bienvenida a casa, Clara. Yo soy Esmeralda y ella es Carmen —le indicó, señalando a la otra mujer. Tenía una voz preciosa: cristalina, tintada con un acento que parecía extranjero. La niña se sentía tan abrumada ante aquella especie de reina elfa, tan parecida a Galadriel, uno de sus personajes favoritos de una de sus películas preferidas, *El señor de los anillos*, que se puso roja y murmuró unas palabras ininteligibles como respuesta a su saludo. Estaba tan azorada que tardó un poco en inclinarse hacia ella para darle un beso, tal y como le había enseñado su madre que hacen las niñas bien educadas.

Como respuesta, su tía la tomó de la mano. Tenía un tacto especial: la piel era suave y húmeda, como si acabara de salir de un largo baño. Sin soltarle la mano, su tía pidió a su esposo que empujara la silla y, con un gesto suave, le indicó a Carmen que cogiera su maleta. Así, en una extraña procesión, los cuatro se sumergieron en la penumbra de la casa. Clara tuvo la sensación de que había llegado a otro mundo.

4

PAISAJES SUBMARINOS

A medida que pasaban los días en casa de sus tíos, la sensación de que la vida allí transcurría en una especie de universo paralelo no abandonó a Clara en ningún momento.

Al principio, habituarse a un nuevo ritmo le costó bastante. Desde pequeñita, Clara había tenido una agenda muy cargada. Su madre le había organizado una vida muy intensa: días abarrotados de colegio y de actividades fuera de él que prácticamente no le dejaban tiempo para aburrirse, para no hacer nada.

Y en casa de sus tíos, había muchas horas para no hacer nada. «Demasiadas», pensó Clara al principio, un punto agobiada.

Además, ninguno de los tres adultos que allí vivían tenía el mínimo interés en organizarle el día, por lo que era tarea suya hacerlo. Sus únicas responsabilidades eran hacerse la cama y ordenar el cuarto, dedicarle media hora al cuaderno de verano y ayudar a poner y a sacar la mesa a la hora de la cena.

El ayudar en casa era algo a lo que Clara no estaba habituada. En Barcelona, Yola se encargaba de todo:  recogía la ropa que ella dejaba tirada por su cuarto y las toallas que esparcía por el baño. Ordenaba sus juguetes, ponía la mesa, cocinaba. ¡Todo! Por ello, a Clara, el primer día en casa de sus tíos ni se le ocurrió que allí no sucediera lo mismo. Se levantó, arrojó el pijama a un punto indefinido de su habitación, se puso el bañador y una camiseta y bajó a desayunar. Cuando volvió, horas después, el pijama continuaba allí y la cama seguía deshecha, pero pensó que quizá «le harían» el cuarto por la tarde. Sin embargo, el cuarto seguía exactamente igual cuando se fue a dormir, así que, sintiéndose entre humillada y avergonzada, recogió el pijama y se metió a disgusto en la cama deshecha. A la mañana siguiente, dudó entre dejarla tal cual o hacerla. Nunca antes lo había probado, pero concluyó que no debía de ser muy difícil, así que se aplicó en esa tarea. Una vez satisfecha con el resultado, guardó el pijama debajo de la almohada. Se sintió la mar de bien.

El ayudar a poner y quitar la mesa fue un requisito, prácticamente el único, de sus tíos. «Será tu manera de contribuir en la casa», le dijeron el primer día. Clara tampoco había puesto una mesa en su vida pero, como le dijo Carmen, no era algo muy complicado: mantel, platos y vasos; cuchillo y cuchara a la derecha y tenedor a la izquierda. Servilletas, agua, vino, salero y pimentero, vinagreras y platos de postre. Clara aprendió rápido y, a veces, hasta se permitía colocar un jarroncito en el centro con flores que cortaba en el jardín, detalle recibido con entusiasmo por su tía Esmeralda.

Pero, en total, las obligaciones de Clara sumaban apenas una hora, así que tuvo que inventarse cosas para llenar su día. No fue fácil, pero tampoco imposible: Clara no lo sabía, porque hasta ahora le habían organizado todo y más, pero era una niña muy resolutiva. Así que pronto adquirió una rutina en aquel nuevo entorno y los días dejaron de resultarle desconcertantes y largos.

Se despertaba temprano porque se acostaba pronto. En la casa no había ni televisión, ni wifi ni cobertura en el móvil, así que ni su iPad ni su móvil servían para mucho. Para colmo descubrió, horrorizada, que se había olvidado el cargador del iPad, que era donde tenía almacenados todos sus juegos. Las actividades electrónicas no eran posibles, por lo que Clara se dormía al poco de meterse en la cama y abría los ojos cuando el sol todavía no estaba demasiado alto.

No se levantaba de inmediato. Le gustaba quedarse tumbada un rato, saboreando el haber dormido tan bien una noche más en aquel cuarto tan bonito. Desde el momento en el que vio su habitación, tuvo un flechazo con ella: no era muy grande, pero tenía techos altos y dos ventanas, desde las que se veían las copas de las palmeras del jardín. En un rincón había una cama antigua, de madera, con un grueso colchón de lana. A su lado, una mesita de noche y un armario de una puerta, con un espejo. Una alfombra de esparto cubría un suelo de baldosas de barro cocido y en una de las paredes había unas estanterías atestadas de libros. En su casa había pocos libros, porque su madre consideraba que eran focos de polvo, pero aquella librería en desorden le gustaba. Le transmitía una sensación de compañía.

Cuando por fin salía de la cama, Clara iba al lavabo, hacía un pipí, se lavaba la cara y los dientes y se ponía la camiseta, el bañador y los shorts. Llevaba ya varios días en aquella casa y las camisetas, el bañador y los shorts habían sido su único atuendo. A nadie parecía importarle qué se ponía. ¡Qué diferente a su vida en Barcelona! Allí, cada mañana, sus amigas se pasaban revista a los conjuntos de unas y de otras. Durante una época se ponían notas de los estilismos: Clara nunca superó el seis, mientras que algunas, como las Codonyà, se ponían nueves y dieces la una a la otra.

Con los crocs puestos y el pelo atado en una coleta apresurada, Clara bajaba a la cocina a desayunar. Allí ya estaba Carmen, la mujer delgada que había visto en la escalera el primer día y quien llevaba «toda la vida» en la casa, ayudando a sus tíos. Era una cocinera excelente y, aunque Clara no podría calificarla como cariñosa, sentía que la trataba bien, como si fuera una adulta. El mismo día de su llegada, por ejemplo, le preguntó si había alguna cosa de comer a la que fuera alérgica. Clara no era alérgica a nada pero no soportaba el sushi. Por si acaso, así se lo hizo saber a Carmen.

—¿Y eso qué es? —le preguntó la mujer.

—Pues es pescado crudo. Pescado crudo cortado en trocitos y muy decorado —le explicó Clara.

—Uf, ni hablar. ¡Qué horror! ¡Pescado crudo! —repitió Carmen, en tono indignado—. Aquí no comemos estas cosas. De hecho, en esta casa no comemos pescado. La señora Esmeralda lo tiene prohibido. Fue una de las primeras cosas que me dijo: «Aquí no se come ni un pez, ni tan solo una sardina.» Y, la verdad, niña, qué quieres que te diga, casi mejor. Yo ya me he acostumbrado a no tener que cocinarlo. Aquí, mucha verdura, ensalada y fruta del huerto, huevos del gallinero, legumbres y carne de vez en cuando, pero nada, nada, de pescado. Prohibido.

A Clara le parecía estupendo que no se comiera pescado y, en especial, que ni supieran qué era el sushi. Sus padres también eran unos locos de esos pedacitos de pescado sin cocer que, aunque eran realmente bonitos, a Clara no le inspiraban más que pena. No sabía por qué, pero era así. Y esa pena extraña no le permitía comerlos, por lo que siempre que iba con sus padres a un japonés, acababa tomando una sopita y un bol de arroz.

Mientras Carmen hacía sus cosas, Clara desayunaba. A veces, Carmen la mandaba al huerto a buscar tomates o al gallinero a por huevos, pero, en general, era ella la que se ocupaba de aquella tarea. Era un poco hiperactiva, aquella Carmen. Un poco como su madre: siempre con cosas entre manos.

Nada que ver con Esmeralda, su tía, quien pasaba la mayor parte de las horas durmiendo o encerrada en su habitación, en la planta baja de la casa. Como esos ingleses ricos de las series que le gustaban tanto a su madre, sus tíos dormían en dormitorios separados: Esmeralda abajo y Juan en la primera planta. A menudo, cuando volvía de sus paseos y de sus baños por la playa, incluso después de la hora de comer, Esmeralda seguía «descansando», como le informaban su tío y Carmen.

Clara entendía que, al no poder andar, no se podían hacer tantas cosas, y sospechaba que su tía no se encontraba siempre del todo bien. Pero había algo en aquellas largas horas de sueño y aislamiento que le provocaban una cierta pena. Clara sabía lo que era la «depresión»: un par de amigas de su madre habían estado deprimidas y encerradas en casa durante un tiempo. Pero también sus padres habían estado «fatal», como le dijeron, cuando él se quedó en el paro. Primero enfermó su padre, que se pasó varios días en casa con el vaso de güisqui en la mano y la mirada vidriosa. Por no hacer, ni se duchaba, había observado Clara. Fue su madre la que consiguió que fuera a un especialista, quien logró que dejara el vaso de güisqui y le borró la mirada vidriosa. Pero poco después, su madre, que siempre iba arriba y abajo, llena de energía, se pasó también varios días en casa, sin fuerzas para nada. «Suerte de las pastillitas, que si no, no salgo de esta», le comentó un día, cuando por fin se sintió bien para volver a la vida normal.

A Clara le hubiera gustado ver a Esmeralda más a

menudo, porque su compañía la fascinaba. Aquellos ojos y aquel cabello, con reflejos verdes. Aquel extraño acento. Y la risa, cantarina y alegre, con la que recibía algún comentario de su esposo o de ella. Pero a Clara no solo le encantaba su tía porque era guapa y extraña, sino también porque, cuando estaba con ella, le hacía caso. Cada día Esmeralda le preguntaba qué había hecho, por dónde había nadado, qué había visto. No preguntaba por preguntar: Clara tenía la sensación de que sentía verdadero interés por saber cómo pasaba las horas.

Y Clara tenía mucho que contar. Porque una vez había desayunado y salía «por ahí», como decía Carmen, le sucedían muchas cosas.

Primero, se daba una vuelta por el jardín, que era enorme. Su zona favorita era la de la balsa de agua dulce: era como una piscina grande y redonda, rodeada por cañas altísimas. Se llenaba gracias a un riachuelo y siempre estaba limpia, por lo que Clara solía realizar allí su ducha matinal. «Si mi madre me viera», pensaba cuando se metía en aquella bañera improvisada. Casi no había tocado el jabón desde que había llegado a casa de sus tíos.

Cuando salía de la balsa, Clara prefería no secarse demasiado. La esperaba el camino hasta la playa, que era largo y caluroso, así que mejor ir fresca, pensaba. Ya tenía preparada su mochila con una gorra, su toalla, la crema de sol, las gafas de natación, una cantimplora y un paquete de galletas.

Con paso firme recorría el camino que, en su primer tramo, discurría paralelo a los campos de cultivo. Pronto estos eran reemplazados por un bosque de pinos, cuya sombra Clara agradecía. El camino desembocaba en una sucesión de dunas que anunciaban la llegada a la playa. Esa parte del recorrido era la favorita de Clara, ya que implicaba subir hasta la duna más alta y, una vez descalza, lanzarse a toda velocidad duna abajo, sintiendo bajo sus pies la arena suave y ya ardiente por el sol. En aquel momento, sus sentidos se disparaban: el tacto de la arena fina, el olor de las plantas aromáticas y del mar y la vista, que nunca dejaba de maravillarla.

La playa tenía la forma de una U gigantesca. A la derecha estaba delimitada por un acantilado, no muy alto, tachonado de pinos. La arena era de un blanco algo grisáceo, lo que hacía que el mar, en vez de azul, fuera de color verde esmeralda: un tono muy parecido al de los ojos de su tía. Desde el primer día, Clara se enamoró de aquellas aguas. Siempre le había gustado nadar y lo hacía bastante bien, pero jamás se imaginó que disfrutaría tanto con aquella actividad. Con las gafas de natación, examinaba todo aquel territorio submarino, que pronto conoció muy bien y bautizó con diferentes nombres.

Estaban, por ejemplo, «las rocas de los erizos»: unos monolitos de piedra que emergían del fondo marino, bajo los cuales había decenas de conchas de erizos muertos, verdes y rojas. Había tantas que Clara estaba convencida de que eran una especie de cementerio: el lugar donde los erizos iban a morir tras pasar una vida enganchados en las rocas.

También le gustaban «los prados de las algas»: praderas de matas de algas del tipo posidonia, que se mecían al compás de la corriente y ocultaban entre sus melenas ondulantes nécoras de dos palmos. Su tío le explicó que abundaban en la isla y que, aunque a algunos turistas no les gustaban, porque les parecían sucias, gracias a ellas el mar se oxigenaba, respiraba y estaba tan transparente.

Un día, cerca de aquel prado, Clara vio un pulpo bastante grande. Se desplazaba tan rápidamente con sus tentáculos que parecía que volara. Cuando vio a Clara, se quedó quieto, mimetizándose con la arena y adoptando la forma de una estrella de mar gigantesca con las puntas redondeadas. Clara lo observó, emocionada. Nunca había visto un animal tan bello, en directo. Detectó que el pulpo iba acompañado de media docena de peces jaspeados que parecía que lo escoltaran. Dedujo que aquello implicaba que aquel era el rey de los pulpos. No la sorprendió. Era un pulpo magnífico.

Tras el prado, Clara nadaba hasta lo que llamó «el desierto»: montículos de arena que las corrientes modelaban de distinta forma cada día, siempre con una simetría perfecta. Allí el agua era tan clara que parecía blanca y nadaban pequeños peces que le mordisqueaban los pies, provocándole cosquillas.

Pero de entre aquellos paisajes submarinos Clara tenía uno favorito. Se trataba de una pequeña cueva sumergida, a algo más de un par de metros, bajo la pared del acantilado. Le encantaba nadar por allí, donde el agua era más verde, incluso, que en el resto de la bahía, bajo las sombras intermitentes de los pinos que crecían, retorcidos y valientes, en las faldas de las paredes de roca.

La cueva era una boca misteriosa por la que se filtraban los rayos de sol hasta desaparecer, como si se los tragara. Clara no sabía por qué la atraía tanto. En otras condiciones —es decir, con sus padres presentes—, hubiera salido corriendo ante la mera visión de aquel agujero oscuro bajo el mar. Pero tras unos días en casa de sus tíos, con libertad casi absoluta para hacer lo que quisiera, se sentía más fuerte y valiente que nunca. Y sentía que la cueva la llamaba, que quería decirle algo, como si guardara un secreto. Por ello, su objetivo era llegar a explorarla. Necesitaría un equipo mejor: unas buenas gafas de bucear y un tubo. De este modo podría nadar hasta su interior y saber lo que encerraba. No tenía miedo.

Y eso que, en una de sus primeras excursiones, Clara descubrió que no era la única que frecuentaba la zona de la cueva. Una mañana en la que se despertó más pronto de lo normal y acudió a la playa más temprano, vio que había una barca en las inmediaciones. Era pequeña, fea y despintada, y el corazón le dio un vuelco enorme cuando reparó que la manejaba el hombre apestoso, el mismo que se encontraron con su tío el día en el que llegó a la isla. Lucio, el que le había dado pavor y al cual su tío había amenazado con matar si se acercaba a ellos.

El instinto le dijo a Clara que era mejor salir pitando, pero aquella valentía que estaba experimentando desde que llegó a la isla le impidió dar la vuelta. Sentía demasiada curiosidad por saber qué hacía aquel hombre en su rincón. Así que se acercó hacia él, nadando sin hacer ruido, pegada a las rocas. Pronto encontró un

resquicio entre dos de ellas que le permitía ver sin ser vista. Reparó que Lucio también se comportaba de forma sigilosa, remando con mucha suavidad y murmurando algo. No había una gota de viento, por lo que Clara logró oír algo de lo que decía:

—Ya te pillaré un día. ¡Voy a pescarte! Te crees muy lista, pero te atraparé —decía.

Clara no entendía nada. Parecía que le hablaba a alguien. Pero ¿a quién? Allí no había nadie. Continuó observando, pegada a la roca, quieta como una estatua, cuando de repente el hombre horrible dejó los remos, se puso en pie, agarró un arpón de uno de los lados de la barca y lo lanzó con fuerza asesina hacia el mar.

El hombre horrible estaba tratando de pescar algo, algo grande, concluyó Clara. Fuera lo que fuese, no lo había conseguido, porque había recogido el arpón y, al ver que la afilada punta no llevaba nada, profirió un grito espantoso que provocó que Clara se pegara más a la roca. Aunque el miedo ahora sí que se había adueñado de ella, esta vez el instinto le hizo permanecer quieta, en vez de huir nadando, lo que sin duda hubiera alertado al hombre pestilente y, quizás, hubiera provocado que lanzara otro arponazo, esta vez en su dirección.

Unos interminables segundos después, Clara oyó un sonido de maderas entrechocando, que imaginó era el de los remos al caer sobre la cubierta, seguido del sonido de un motor poniéndose en marcha. El hombre horrible se marchaba entre un estruendo. Clara no entendía por qué había sido tan silencioso al llegar y ahora se iba de esa manera, armando tanto ruido.

Después de aquel primer baño, Clara volvía a la playa. A veces se traía un libro y leía tumbada, bajo la sombra de un tamarindo. Otras, observaba cómo llegaban los veraneantes, con toallas, sombrillas, neveras y todo tipo de utensilios. Cuando la playa se llenaba demasiado, volvía a la casa. Allí estaba Carmen, quien le tenía alguna cosa preparada para comer. «Algo ligerito», como le decía. Clara comía sola, en la fresca penumbra de la cocina enorme y embaldosada que era el reino de Carmen. No sabía si lo que comía era orgánico o no, pero le resultaba siempre delicioso. Tras descansar un rato en su cuarto, leyendo o pintando con las acuarelas que le regaló su canguro inglesa, volvía a la playa. Pasaba el resto de la tarde jugando con la arena, nadando o leyendo. En casa de sus tíos abundaban los libros y Clara descubrió que aquellas frases que había oído en la escuela (tipo «los libros son una compañía estupenda» o «quien lee, nunca se aburre») eran ciertas. El problema, pensaba, es que hasta ahora no había tenido tiempo para hacerlo.

Cuando el sol empezaba a bajar, volvía a casa. Allí, en vez de ducharse y enjabonarse, se sumergía en la balsa de agua dulce. ¡Si su madre supiera!, pensaba otra vez. Después de vestirse, ponía la mesa en la terraza. Ella y sus tíos se sentaban a cenar cuando todavía no había oscurecido y el cielo empezaba a teñirse de tonos púrpura y rosa. Cuando caía la noche y cantaban los primeros grillos, ya estaban con el postre. Clara estaba cansadísima, pero se sentía tan bien allí, escuchando las historias de su tío y viendo cómo las salamanquesas devoraban polillas de un bocado, que intentaba no irse aún a dormir.

Además, a veces, Esmeralda cantaba. Y la voz de su tía era la voz más bonita que había oído.

Solía ocurrir después de cenar. En ocasiones, su tío era quien le pedía que cantara. Otras, ella empezaba. Cerraba los ojos, tiraba levemente la cabeza hacia atrás y cantaba. En un idioma que Clara jamás había oído pero que sonaba tremendamente bien. Esmeralda cantaba y la música que su voz emitía parecía que venía de un lugar lejanísimo, hermoso pero triste. Y todo se detenía para escucharla. Ella, su tío, Carmen —que aparecía por la puerta de la cocina—, las polillas, las salamanquesas, las flores de jazmín de la fachada. Las canciones de Esmeralda eran un sonido irresistible que invitaban a estar cerca de ella. Clara se acurrucaba y se acercaba a su tía, y lo mismo hacía Juan. Acababan los dos a ambos lados de Esmeralda, quien entonaba una canción detrás de otra, a cual más bonita y melancólica. Cuando concluía, Clara veía en ocasiones un par de lágrimas en las mejillas blanquísimas de su tía. Sabía que era el momento de irse a dormir.

Cada miércoles y cada sábado, su tío Juan la acompañaba al pueblo. Como la cobertura era muy mala, su madre la llamaba al teléfono fijo del bar de Antonio a la una en punto, mientras su tío se tomaba un café o una cervecita con unas olivas rellenas y ella, una Coca-Cola con patatas fritas. A Clara le gustaba el bar de Antonio, aunque le recordaba a aquel hombre apestoso y extraño, Lucio, del primer día.

No le había contado a su tío que lo vio en la playa

una mañana. Tenía la sensación de que era mejor no hacerlo. Además, su tío había amenazado con matarlo si lo veía por ahí y, la verdad, Clara no quería ver a nadie muerto, por muy apestoso que este fuera.

Las conversaciones con su madre eran cortas e intensas. La acribillaba con tantas preguntas, que Clara casi no tenía tiempo de contestar («¿comes bien?», «¿duermes bien?», «¿estás repasando chino?», «¿y los cuadernos de vacaciones?», «¿nadas mucho?», «¿te pones crema de sol?»). Ellos estaban «bien», «luchando» y la echaban mucho de menos, pero su madre se alegraba de que sonara «contenta».

¿Contenta? Clara no sabía muy bien si estaba contenta o no, pero lo que sí estaba era tranquila, relajada. Una sensación nueva que, en ocasiones, podría rozar el aburrimiento, algo que antes no toleraba, pero que ahora le resultaba hasta agradable. «Si tuviera a alguien con quien jugar, de tanto en tanto», deseó una noche, antes de irse a dormir. Su vida ya sería perfecta, en aquella isla donde el tiempo transcurría de forma diferente.

Qué poco se imaginaba Clara que, muy pronto, iba a hacer una nueva amiga. Una amiga también muy diferente.

5

LA CUEVA BAJO
EL ACANTILADO

Una mañana, cuando bajó a desayunar, Clara se encontró sobre la mesa de la cocina un voluminoso paquete, envuelto en papel de regalo. Eran unas gafas de bucear, un tubo y unos patos de color azul.

—Son de tu tía —le informó Carmen—. Dice que con ellos irás mucho mejor.

Cuando, un rato después, ya en la playa, Clara se sumergió en el mar con aquel nuevo equipo, se maravilló de lo rápido que nadaba y de lo bien que veía el fondo del mar. El tubo le permitía no tener que sacar la cabeza para respirar. Las gafas no se empañaban. Aquella mañana, Clara visitó sus paisajes submarinos habituales sintiéndose más pez que niña.

Recorrió el cementerio de los erizos, las dunas y las praderas de posidonia, que le parecieron más frondosas y bonitas que nunca. Contó cinco nécoras ocultas entre las algas y detectó el rastro de una estrella de mar junto a un lenguado miniatura, que trataba de ocultarse entre la arena.

Como siempre, acabó en la zona de la cueva.

Con el nuevo equipo podría acercarse más a la entrada. Incluso entrar en la cueva. Así que tomó aire y se sumergió con ímpetu. Nunca había llegado tan abajo. Desde aquella perspectiva, la boca de la cueva era perfectamente redonda, como si la hubieran excavado a mano. Estaba coronada por matojos de algas musgosas y tachonada de lapas y algún tomate de mar. Ignorando a su corazón, que latía algo más rápido de lo habitual, se impulsó hacia la entrada y metió la cabeza. El agua era de un color azul muy oscuro que se volvía negro hacia el final. Clara sintió un punto de aprensión cuando se fijó en lo profunda que era la cueva, pero eso no le impidió adentrarse un poco más.

Tenía casi todo el cuerpo dentro cuando le pasaron dos cosas.

La primera fue que, en el fondo, vio algo que se movía. Una sombra grande y rápida, de color verde oscuro.

La segunda fue que, al darse la vuelta, asustadísima, y tratar de subir hacia la superficie, se fijó que en las paredes interiores de la cueva había algo escrito.

Pese a que tenía el corazón desbocado, se detuvo unos segundos para observar más detalladamente aquellos signos extraños: le parecieron palabras, letras talladas en la roca, como un grafiti submarino, en una escritura que desconocía.

Aquel descubrimiento sorprendió tanto a Clara que se olvidó de la sombra que había visto segundos

61

antes. La curiosidad venció al miedo. Emergió para tomar aire y volvió a bajar. Aunque no había mucha luz, sus ojos pronto se acostumbraron a la penumbra y, en aquella segunda inmersión, ratificó que, en efecto, la pared interna de la cueva estaba cubierta de varias inscripciones. Rarísimas.

Esa misma tarde, sin tomarse su rato de descanso en su cuarto, decidió volver a la playa con una libreta y un lápiz en su mochila, para tratar de apuntar aquellos signos extraños. Se pasó mucho rato entrando y saliendo del agua, memorizando cada signo y copiándolos en la libreta, cada vez más mojada, que había dejado entre las rocas. Tras un montón de inmersiones, tenía cinco palabras anotadas:

A Clara le parecieron muy bonitas. Parecían haberse escrito en distintos momentos, ya que la primera estaba tan erosionada por el mar que fue muy difícil poder copiarla. La última parecía más reciente: tallada enérgicamente en la roca, se leía sin problemas.

Sin embargo, Clara no entendía aquellos signos. Eran como aquellas palabras en chino que, aunque su madre le decía que si aprendía a leerlas nunca se quedaría en el paro, a ella le parecían indescifrables.

Pero aquel alfabeto no era chino. Ni tampoco eran jeroglíficos egipcios, como los que había visto en las tumbas egipcias esa Semana Santa en la que había hecho un crucero por el Nilo con sus padres. Ni tampoco se trataba de inglés. Ni de castellano, catalán, francés u otra lengua con la que Clara se había topado en su vida. Aquella era una escritura rarísima.

Rápidamente, guardó sus patos, gafas y tubo en su bolsa, se puso los crocs y se encaminó hasta la playa con la libreta en una mano. Cuando llegó a la arena, echó a correr, sorteando a los veraneantes que tomaban el sol. A toda velocidad, salió de la playa, subió por la duna y atravesó el bosque. En aquel momento, se dio cuenta de que aquel día hacía más calor que nunca: aunque ya era tarde, ni tan siquiera la sombra de los pinos, siempre tan generosa, era capaz de amortiguar la fuerza del sol. Sin embargo, no aminoró la marcha: estaba nerviosa y emocionada y decidida a saber qué era aquella escritura y qué significaba.

Como siempre, su tío estaba en la biblioteca. Clara procuraba no molestarlo cuando estaba allí. De hecho, ya en los primeros días desde su llegada, a Clara se le hizo saber que a sus tíos no había que molestarlos en los ratos que no estaban con ella. Así lo había hecho hasta entonces, pero estaba tan impaciente que se atrevió a llamar a la puerta. A falta de internet, si alguien podía ayudarle a saber qué significaban aquellos signos, ese alguien era su tío. Conocía muy bien la isla y le había explicado un montón de cosas respecto a su clima, sus plantas y animales y su historia, así que estaba segura de que le diría qué eran. Cuando su tío Juan abrió la puerta, Clara temblaba de anticipación.

—Clara, ¿pasa algo? —le preguntó, sorprendido de verla, con una media sonrisa.

Clara le respondió que no pasaba nada y, sin tiempo a que el otro respondiera, le contó su descubrimiento: la cueva bajo el acantilado, aquellas extrañas inscripciones en la roca. Orgullosa, le mostró su libreta medio empapada, con las cinco palabras escritas.

Juan cogió la libreta y examinó su contenido. En la biblioteca había poca luz, pero Clara vio que la media sonrisa había desaparecido por completo y habría jurado que la cara de su tío había palidecido ligeramente. Tras un silencio que se le antojó larguísimo, él le devolvió la libreta diciéndole:

—Es muy curioso, sí, parece algún tipo de alfabeto pero, la verdad, no sé qué puede ser —contestó vagamente, el rostro cada vez más serio—. Lo siento.

Clara no se esperaba aquella respuesta. Intuía que su tío, quien lo sabía todo sobre aquel lugar, tendría alguna idea de qué significaban aquellas palabras o, por lo menos, de por qué habían sido escritas ahí.

—A lo mejor son letras fenicias —apuntó, sin darse por vencida. Unos días antes, su tío le había hablado de la época fenicia en la isla, sobre la cual también parecía saberlo todo—. A lo mejor escribieron algo en esa roca, quizá la cueva no estaba entonces sumergida.

—No, hija, esto no es alfabeto fenicio —la cortó su tío, con un tono seco, y se sumió en otro largo silencio. Hubo un instante en el cual Clara pensó que iba a decirle algo más, pero no fue así. En cambio, consultó su reloj y comentó, cambiando totalmente de tema, que casi era la hora del aperitivo con Esmeralda—. ¿Te apetece venir a tomarlo con nosotros? —le propuso.

Lo inesperado de aquella invitación disipó un poco la decepción de Clara ante la falta de explicaciones. Aunque cada noche cenaba con ellos, el momento del aperitivo, previo a la cena, era territorio de sus tíos, ya que se desarrollaba en la terraza del dormitorio de Esmeralda. Ser invitada a compartirlo era todo un detalle.

Así que Clara se sintió algo más animada y, aunque no se quitaba de la cabeza aquellas cinco palabras, subió pitando a su cuarto para sacarse el traje de baño y arreglarse para «el aperitivo».

Ni sus padres, ni tampoco sus tíos, le habían explicado nunca la causa de que su tía Esmeralda estuviera en una silla de ruedas. Clara, una niña muy discreta, tampoco había preguntado. Debido a su invalidez, su tía hacía vida en la planta baja de la casa, donde había estado el salón. En aquellas estancias de altos techos, con dos puertas acristaladas que daban a la terraza, se había habilitado el dormitorio de Esmeralda, que contaba con una zona de estar y un cuarto de baño. Clara había estado allí solo una vez, el día de su llegada, cuando le habían enseñado la casa. Recordaba aquellas habitaciones como grandes y blancas. Volver a visitarlas le dio la oportunidad de fijarse mejor en los dominios de su tía.

No los recordaba mal: el blanco era el color de las paredes, las cortinas, las fundas de los dos sofás y de la colcha de su cama. También había flores blancas en un jarrón. Las dos únicas notas de color en aquellas habitaciones procedían del rojo desgastado de las baldosas del suelo y de una pared, atiborrada de pequeños cuadros.

Su tío Juan todavía no había llegado, así que Esmeralda la esperaba sola en la terraza, en su silla de ruedas, junto a una mesa. Clara reparó que sobre esta se desparramaban cuadernos, lápices y acuarelas.

—No sabía que pintabas, tía —le dijo, a modo de saludo.

Su tía le sonrió y, con un gesto, le indicó que se sentara a su lado. Clara obedeció, entre vergonzosa y fascinada, que eran las dos sensaciones que sentía cuando estaba cerca de Esmeralda. Lo que le hubiera gustado hubiera sido quedarse de pie, en silencio, observando de cerca aquellos ojos inauditos, aquellos mechones del color de las algas y aquella piel blanquísima.

—Sí, Clara, pinto, me encanta —respondió su tía mientras recogía con delicadeza sus acuarelas y papeles y los guardaba en una carpeta—. Me sirve para evadirme. Estar sentada casi todo el día es un poco aburrido a veces, ¿sabes?

Clara no sabía pero entendía a su tía. Vivir en aquel lugar y no poder ir a la playa, ni nadar o pasear, debía de ser difícil para ella. De hecho, debía ser malo para ella, razonó. Por primera vez se dio cuenta de que su tía, pese a su belleza, no estaba del todo bien. Aquel día la piel parecía más pálida que nunca y bajo los ojos verdes detectó dos profundas ojeras oscuras. Iba a decirle que la comprendía y que, si quería, un día la llevaría a la playa, aunque tuviera que arrastrar la silla durante todo el camino, cuando entró su tío. Llevaba una bandeja con dos vasos de vino blanco, un bol con patatas fritas y una Coca-Cola («si mi madre me viera», pensó, no por primera vez, Clara). Esmeralda despejó la mesa, colocándose los lápices y la carpeta sobre su vaporosa túnica.

—Juan, no has traído vaso para Clara —observó. Y dirigiéndose a ella le pidió que cogiera uno de su habitación—: Están en la cómoda, junto a la pared —le indicó—. Y ¿puedes dejar mis cosas de dibujo en el primer cajón? ¿Te importa?

No, a Clara no le importaba. Nada. Cogió la carpeta y los lápices que le tendía Esmeralda y se encaminó hacia el cuarto mientras su tío se sentaba junto a su esposa y le daba un beso cariñoso en la mejilla. Ahora que llevaba tiempo viviendo con ellos, ya no la sorprendía tanto pero, al principio, a Clara le llamaban mucho la atención las muestras de afecto entre ambos. En su casa, sus padres raramente se daban besos, pero, en casa de Juan y Esmeralda, las cosas eran distintas. En especial, por parte de Juan, al que se le veía totalmente enamorado de su esposa. Siempre pendiente de ella, la trataba con suma delicadeza. De hecho, pensaba Clara, a veces era excesivo: como si Esmeralda no fuera una mujer hecha y derecha, sino alguien muy frágil que necesitara de cuidados y protección constantes.

Clara abrió el cajón de la cómoda y guardó la carpeta, los lápices y las acuarelas. Y sí, en efecto, sobre el mueble había una bandeja redonda con vasos de cristal. Escogió uno, alto y esbelto, ideal para la Coca-Cola. Iba a volver a la terraza cuando algo en los cuadros de la pared le llamó la atención.

Se acercó para observarlos de cerca. Eran acuarelas. Había una docena de ellas, todas enmarcadas. Unas eran del tamaño de un folio, otras, pequeñas como una postal. El tema, sin embargo, era siempre el mismo: el fondo del mar. Paisajes de bancos de arena, rocas y algas, con erizos y peces de distintos tipos.

Clara las encontró preciosas y empezó a examinarlas, una por una. Al hacerlo, reconoció algunos de aquellos fondos: eran imágenes del mar bajo la playa de la casa, de esos territorios que ya conocía tan bien. Ahí estaban las dunas de arena, los pilares de roca del cementerio de los erizos, las praderas de posidonias y, por supuesto, la cueva. Había tres acuarelas de la cueva, hechas desde distintos ángulos. Una hasta parecía haberse dibujado desde dentro de la cueva. Eran preciosas y todas muy similares, por lo que parecían pintadas por la misma persona. Su tía, por supuesto, dedujo Clara.

Seguía contemplándolas, casi tan fascinada como cuando observaba a su tía, cuando Clara reparó en un detalle que se repetía en todos los cuadros. Un detalle que hizo que, por segunda vez en aquel día, su corazón diera un vuelco. En todas las acuarelas, en una esquina de la parte inferior, había una firma. Estaba escrita en tintas de colores y, aunque las letras eran muy pequeñas, Clara supo enseguida que se trataba de una de las palabras que había visto en la cueva, esa misma tarde.

6

EL ENCUENTRO

Esa noche, por primera vez desde que llegó a la isla, Clara no pudo dormir. Hacía muchísimo calor y los grillos cantaban de forma enloquecida, pero esas no eran las razones por las que se pasó lo que le parecieron horas y horas dando vueltas en la cama, levantándose hasta cuatro veces para ir a hacer pipí.

Clara no podía dormir porque no podía entender algunas cosas. La principal, por qué su tío no le había dicho la verdad sobre la escritura que encontró en la cueva. ¡Cómo no iba a saber de qué se trataba!, se dijo Clara por enésima vez, indignada. ¡Si en su casa, en la habitación de su mujer, había una pared llena de cuadros firmados con esos signos!

Nada, ni una sola mención durante la cena, durante la cual él y Esmeralda habían hablado sobre la casa, el calor cada vez más asfixiante y los muchos turistas que llegaban a la isla. Ella había permanecido callada la mayor parte del tiempo. Cuando su tía le había preguntado si se encontraba bien, Clara respondió que no y pidió permiso para levantarse e irse a su habitación.

Una vez allí, acostada, seguía pensando en lo mismo, enfadada. A Clara le molestaba mucho que su tío Juan no le hubiese dicho la verdad. Pensaba que él la trataba como a una persona mayor, que la consideraba como alguien en quien confiar. Pero parecía que no era así. Le había ocultado una cosa que ella creía importante. Clara no entendía por qué.

Ahora que empezaba a plantearse cosas que no entendía, empezaron a surgir muchas otras. Mientras daba vueltas en la cama, Clara llegó a la conclusión de que tampoco entendía por qué su tía apenas salía nunca de aquellas habitaciones (porque, aunque fuera en silla de ruedas, podría ir a otros sitios, se dijo); ni por qué tenía el pelo con mechones de color verde; ni por qué sus tíos parecían no tener amigos; ni por qué, el día en que llegó a la isla, ese día que a Clara le parecía lejanísimo ahora, su tío había amenazado con matar a aquel hombre tan desagradable que apestaba a pescado. Ni por qué, por muy ecologistas que fueran, estaba prohibido comer pescado en aquella casa. O por qué la dejaban tanto a su aire, tantas horas, sin hacerle prácticamente ni caso.

Por primera vez desde que llegara a la isla, Clara echó de menos a su madre.

Se levantó y fue otra vez al lavabo. Le pesaban los brazos y las piernas y estaba muy cansada, pero seguía estando tan nerviosa que le era imposible dormirse. Cuando volvió del baño, decidió abrir las persianas de su cuarto por completo, a ver si así entraba un poco de aire fresco en la habitación. Quizás eso la ayudaría, pensó. Cuando lo hizo, reparó en que empezaba a amanecer. Los dedos invisibles de las primeras luces empezaban a dibujar el paisaje: los contornos de las palmeras y de los hibiscus del jardín y, a lo lejos, los de los campos. Era precioso. La luz empezaba a volverse dorada, con salpicaduras de rosa, y pensó que pocas veces había visto algo tan bonito. Así estaba, disfrutando del momento y olvidándose un poco de su cansancio, cuando oyó el chapoteo.

Splash. Splash. Splash.

Clara habría jurado que oía también voces. Sí, eran voces, y venían de la balsa. Resuelta a averiguar quién se estaba bañando a aquellas horas y un poco sorprendida de nuevo por su valentía, se puso rápidamente el traje de baño, unos shorts y una camiseta. Con los crocs en la mano, bajó las escaleras, encaminándose hacia la cocina. Con cuidado, abrió la puerta trasera y, dando pasos muy lentos, para evitar hacer ruido, se dirigió hacia la balsa. Los chapoteos se oían más nítidamente. También las voces que, cuando ya estaba a unos pocos metros de la balsa, identificó como las de sus tíos.

Dejó de avanzar. La balsa estaba rodeada de cañas. No podía ver nada. Sin embargo, podía oír toda la conversación:

—¡Está buenísima! ¡Una delicia! —exclamaba su tía—. Está deliciosa. ¡Splash! Gracias, Juan, lo necesitaba. Con este calor espantoso ¡chaf! Me estaba secando, secando viva.

—Pronto iremos al mar —le respondía su tío, el

73

cual, aunque Clara no podía verlo, también parecía estar metido en la balsa—. Ahora hay demasiados turistas ¡Chof! Y también está la niña, no lo olvidemos. Quizá fui demasiado generoso cuando mi sobrino me pidió tenerla tantas semanas...

—... Pero si no molesta, la pobre. Es muy educada —le interrumpió Esmeralda.

—Sí, es verdad, pero no deja de ser una intrusa —dijo Juan, con voz muy seria—. Y aunque pasa bastante tiempo fuera, en la playa, no dejamos de tenerla aquí, en casa. Y a veces estorba. Además: es muy observadora, ve cosas que sería mejor que no viera, la verdad, ayer mismo... ¡Splash! ¡Cuidado, Esmeralda, que me harás daño! —le avisó, ahora riendo.

Su tía también reía. Parecía estar disfrutando con aquel extraño baño al amanecer. A Clara le hubiera gustado acercarse un poco más, asomarse entre las cañas y ver qué estaba pasando, pero no se atrevió.

«Me verían», pensó. «Me verían, seguro.»

Y, después de oír lo que había oído, supo que era mejor que no la vieran.

Por ello, emprendió una discreta retirada y, cuando los chapoteos y las risas de sus tíos ya se oían menos, aceleró el paso.

No quería ir a casa. Estaba demasiado alterada. «Estorba.» «Una intrusa.» ¡Qué maneras tan feas de referirse a ella! No, no pensaba volver a la casa. Mejor ir al mar. En aquel momento, no quería saber nada de nadie.

Así que echó a correr hacia la playa. El sol seguía ascendiendo y el camino que recorría cada mañana se había teñido de amarillo, como si un gigante hubiera espolvoreado con oro los árboles, la tierra y las rocas. Y por ellos corría Clara, como una loca, sin reparar en lo hermoso que era aquello. Sin embargo, cuando subió la duna y bajo sus pies vio la playa desierta a esa hora, la enorme lengua de arena también de color oro, lamida por un mar tranquilo, tuvo que detenerse durante unos segundos para contemplarla.

Más despacio, aunque con el corazón latiéndole a mil por hora, Clara se dirigió al mar, pensando solamente en darse un baño. El agua le quitaría el sudor, el cansancio y la desconfianza que empezaba a sentir hacia los que, hasta unas horas antes, eran sus adorables tíos abuelos.

No se había traído ni gafas ni toalla pero no le importaba. Por lo menos, llevaba el bañador puesto. Se sacó el short y la camiseta y, rauda, se zambulló en el agua. Pensó que estaba deliciosa. Empezó a nadar, con brazadas silenciosas. Sin pensar, se dirigió hacia la zona de la cueva. A medio camino, cambió la braza por el crol, para avanzar más rápido.

Estaba a punto de llegar cuando la vio. Una sombra. Una sombra enorme en el fondo del mar. Clara se quedó paralizada y sacó la cabeza del agua, pensando en tiburones, en pulpos gigantes y en mantas rayas. Pensando en nadar a toda pastilla hacia la orilla. Pero, de nuevo, la curiosidad pudo más que el miedo. Además, recordó que tan solo unas horas antes, en el que ya le parecía el día más largo de su vida, también había visto una sombra parecida al final de la cueva. Supo que era la misma que estaba viendo ahora.

Volvió a meter la cabeza y abrió los ojos. Sin gafas, la visibilidad no era muy buena, pero el agua era tan clara y estaba tan calmada que Clara vio, claramente, una cola. Una cola de un color verde brillante y precioso que desaparecía en la entrada de la cueva.

Clara reaccionó de una manera que, años después, cuando recordaba aquella mañana, nunca dejaría de sorprenderla. En vez de irse despavorida ante aquella cola enorme que, por lógica, debería corresponder a un pez muy grande, salió a respirar y volvió a sumergirse. Buceó, de hecho, en dirección a la cueva: con los ojos muy abiertos, dispuesta a saber qué se escondía allí abajo.

Y cuando llegó y volvió a ver la cola, ratificó que era de un color verde precioso, el más bonito que había visto nunca. Y sin sentir un ápice de miedo, solo curiosidad y anticipación, se acercó más y más a la boca de la cueva, gracias a lo cual vio (y aquí sí que su corazón le dio un brinco, pero de emoción) que la cola no correspondía a un pez enorme, sino que formaba parte del cuerpo de una niña. Una niña de más o menos su edad que no llevaba ni camiseta ni bañador, ni nada, pero no le hacía falta, porque estaba envuelta en una melena larguísima de un color verde oscuro. La niña con cola no se movía. Estaba como suspendida en el agua, frente a la boca de la cueva, y la miraba. También ella había sentido curiosidad y había salido de su escondite. Las dos se quedaron así, flotando, Clara moviendo sus pies y manos, la otra sin hacer ningún esfuerzo aparente, hasta que Clara se dio cuenta que necesitaba salir a respirar.

Lo hizo y, cuando estaba tomando aire, dispuesta a sumergirse de nuevo, oyó un plop y a su lado apareció

aquella niña-pez. Clara vio entonces perfectamente su rostro: los enormes ojos, de color verde, las cejas, las pestañas, la nariz, la boca y el cabello mojado, por detrás de las orejas. Orejas. Aquella niña con cola de pez también tenía orejas, un poco puntiagudas, como la elfa Galadriel de *El señor de los anillos*, pero orejas, al fin y al cabo.

Lo primero que pensó Clara al ver a una sirena a la luz del día fue que las dos eran muy parecidas. Acto seguido, cuando aquella extraña niña le dirigió una sonrisa, mostrándole una ristra de dientes verdes y brillantes, un poco puntiagudos, sintió otro vuelco en el corazón. Pero esta vez ni de miedo ni de sorpresa, sino de pura alegría, porque supo que acababa de encontrar una nueva amiga.

SEGUNDA PARTE

7

UNA AMIGA ASOMBROSA

La mañana en la que Clara conoció a la última sirena del Mediterráneo, su vida cambió.

En aquel primer encuentro, las dos, niña y sirena, tenían tanta curiosidad que no sintieron ni miedo ni desconfianza. Clara no lo sabía entonces, pero la sirena llevaba muchos años sin tener compañía. Décadas. Clara, por su parte, hacía algo más de un mes que no tenía contacto con alguien de su edad: la oportunidad de conocer a otra niña, y más si era una niña-sirena, le parecía estupenda.

Durante esos primeros segundos ambas permanecieron calladas, mirándose. Clara detectó que los ojos de la otra eran de un tono muy parecido a los de su tía, aunque algo más oscuros. Pero a pesar de que los ojos de aquella criatura eran preciosos, Clara no podía apartar la vista de sus dientes. ¡También eran verdes! ¿Cómo podía ser? Gracias a una observación más detenida, se dio cuenta de que aquel verdor procedía de unas algas muy finas que, como diminutos telones de un teatro, le cubrían los dientes.

Clara no podía apartar la vista de la boca de aquella criatura, hasta que esta le preguntó, con una voz cristalina y en perfecto castellano, cuántos años tenía.

—Once —contestó Clara, mientras movía los brazos para mantenerse a flote—. Cumplo doce en septiembre. Y tú, ¿cuántos tienes?

—Creo que tengo unos sesenta, quizá más —le respondió la sirena.

Clara se quedó atónita ante aquel dato. ¿Cómo iba a tener tantos años?, se preguntó. Si tenía una piel suavísima y unos ojos brillantes. ¡Si era una niña!

—¿Y cómo te llamas? —le preguntó de nuevo la sirena, sacándola de su ensimismamiento.

—Clara, me llamo Clara —respondió—. ¿Y tú?

La sirena se quedó pensativa unos instantes, antes de contestar:

—¿Sabes?, no me acuerdo de cómo me llamo —le dijo con naturalidad.

—¡No puede ser! —exclamó Clara, tratando de asimilar aquella nueva chocante revelación—. No me lo creo. Me estás tomando el pelo.

La otra no pareció ofenderse. Quizá no entendía lo que quería decir «tomar el pelo», se dijo Clara.

—Una vez tuve un nombre, estoy segura —respondió—. Un nombre en el idioma de las sirenas. Y me llamaban con él mi madre, mis tías, mis primas y el resto del grupo. Pero un día, las otras sirenas empezaron a desaparecer y me quedé sola. Y como yo era muy pequeña cuando esto sucedió y desde entonces nadie más me ha llamado por mi nombre, pues... ¡lo he olvidado! Qué quieres que te diga. Sé que era un nombre bonito, pero no lo recuerdo.

Parecía que la sirena no iba a decir nada más y Clara, que movía pies y brazos trabajosamente, tampoco sabía muy bien qué decir. Se produjo un silencio incómodo que, de nuevo, rompió la criatura:

—Pero tener, tengo un nombre —puntualizó—: está escrito aquí —le dijo, mientras señalaba con su mano un collar, rematado con un colgante, que lucía en el pecho. El colgante era una piedra ovalada, gris y brillante, con dos agujeros en los extremos, en los que se ensartaba una gruesa trenza de algas—. El problema es que como me he olvidado también del idioma de las sirenas, no puedo decirte cómo me llamo. *I am sorry* —concluyó, sin parecer demasiado traumatizada.

Clara intentó coger el medallón pero, al hacerlo y sacar un brazo del mar, se dio cuenta de lo cansada que estaba, tratando de mantenerse a flote todo ese rato.

—¿Te importa si nos sentamos en alguna roca? ¡No puedo más! —le dijo.

—Sí, vamos ahí —le contestó y, asiéndola del brazo con una fuerza que a Clara le pareció inaudita para alguien tan menudo, la arrastró hacia unas rocas vecinas.

Se subieron a ellas. La superficie, lamida suavemente por el mar, estaba recubierta de una mullida alfombra de algas verdes, muy finas, que eran igualitas al césped de la masía del Empordà de sus padres.

—¡Este es uno de mis sitios favoritos para gandulear! —le dijo la sirena mientras se acomodaba—. ¡Qué algas tan suaves! ¡Me encantan!

Y acto seguido, como quien no quiere la cosa, como si fuera una oveja, o un caballo, les dio un bocado a las algas, que empezó a masticar ruidosamente. El brillo de sus ojos se intensificó aún más.

Pero a Clara, en aquellos momentos, el brillo de los ojos le importaba un comino. Ella solo tenía ojos para una cosa: la cola de la sirena.

Nunca había visto algo tan bonito en su vida. Nunca. Ríete de los disfraces de princesa que antaño atiborraban su armario —y que nunca tuvo demasiado tiempo de ponerse—. Ríete de los vestidos de lentejuelas de las estrellas de Hollywood o de las joyas de la corona de la reina de Inglaterra que tanto la habían impresionado cuando sus padres la llevaron a Londres. Aquella cola sí que era una maravilla.

Empezaba un par de centímetros bajo el ombligo y debía de ser tan larga como las piernas de Clara. Dividida en dos en su extremo, era parecida a la cola de la Sirenita. Pero, más que la forma, lo realmente increíble eran los colores. Tachonada por una profusión de pequeñas escamas, la cola cambiaba de tonos en función de la luz. La gama, descubriría Clara, era de lo más variado: de un verde esmeralda a un azul turquesa intenso, pasando por un verde claro —como el de las algas que ahora se comía con deleite—, con toques de amarillo, hasta el azul cobalto de las aguas profundas e, incluso, el negro absoluto, salpicado de reflejos plateados, del mar iluminado por la luna llena.

Clara no podía dejar de mirar aquella cola, que era como una piedra preciosa viva y enorme. La poseedora de aquella belleza, sin embargo, estaba muy concentrada, arrancando y comiendo algas con avidez. No paró hasta que se dio cuenta de que Clara no podía sacarle los ojos de encima:

—¿Qué miras? —le preguntó, mientras masticaba, con la boca llena de algas.

—Tu cola —le respondió Clara—. ¡Es una pasada! ¡Es preciosa!

—No sabría decirte —le dijo despreocupadamente—. Hace mucho tiempo que no he visto otra, así que no puedo comparar.

Entonces, como si recordara algo, arrojó el puñado de algas que aún tenía en su mano al mar y le mostró a Clara el medallón:

—Ah, sí, como te decía: aquí está mi nombre, ¿lo ves? Siempre he llevado este collar y sé que aquí está escrito. Estoy segura, alguien me lo dijo, cuando era pequeña. El problema es que no sé qué significa.

—Te has olvidado de tu idioma —repitió Clara.

—Pues sí —respondió la otra—. Eso es lo que pasa cuando una se queda sin nadie con quien hablar.

Vacilante, Clara extendió su mano, acercándose al medallón para examinarlo más de cerca.

Clara ahogó un grito. ¡No podía creerlo! Los signos en la piedra eran muy similares, diría que iguales, a los de la escritura que había descubierto en la entrada de la cueva junto al acantilado. Esa que había copiado con tanto esfuerzo, unas horas antes...

—... ¡Y que también he visto en los cuadros de mi tía Esmeralda! —dijo en voz alta.

La sirena la miró, perpleja.

—Estos signos, o letras, o lo que sean, son muy parecidos a los que están grabados en la cueva de ahí abajo —le explicó Clara, pensando que quizás no era buena idea hablar de su tía tan pronto.

—Es que unos los hice yo —respondió la sirena—: Todas las sirenas tenemos que marcar nuestro territorio con nuestro nombre. Eso es algo que sé, como también sé que aquí —dijo, volviendo a señalar el medallón— está mi nombre. En esta playa hace muchos años, siglos, que viven sirenas. Y todas las que han estado por aquí han grabado su nombre en la cueva. Yo también lo he hecho, copiando lo que está inscrito en el medallón debajo de los nombres de las otras. Es para mantener la tradición. La tradición se ve que es muy importante. Yo oigo mucho hablar de la tradición a la gente que viene a la playa, gente de diferentes partes del mundo.

—¿Los oyes? ¿Cómo? ¿Y cómo los entiendes? —preguntó Clara, asombrada.

—Bueno. Las sirenas, como los delfines y las ballenas, tenemos un oído buenísimo. Puedo oír las conversaciones de la gente de la playa, aunque esté lejos. Y a base de oír y de asociar, pues ¡los entiendo! Es una ventaja, esto de tener un oído supersónico, ¡como Supermán!, que es un superhéroe vuestro que me encanta, por cierto —añadió, tronchándose—. Pero también es un engorro, no creas. Oigo demasiadas cosas: los motores de los barcos y de esas cosas horribles llamadas motos de agua. Los aparatos de música que algunos se traen a la playa y los gritos de los niños. Especialmente, los niños de aquí. ¡Cómo gritan!

Como si el recuerdo de aquellos gritos le produjera un cierto trauma, la sirena se abalanzó de nuevo sobre las algas, pegándoles otro mordisco.

—Pero cuando lo de arriba se pone muy ruidoso, lo que hago es sumergirme hasta el fondo, fondo, fondo, del mar. Ahí, de momento, todavía se está tranquilo.

Clara seguía estupefacta.

—¿Cómo sabes de dónde son los niños? ¿Cómo sabes qué idioma hablan? —acertó a preguntarle.

—Porque he dado muchas vueltas, no te creas. Y aprendo rápido. He aprendido castellano y catalán. *English, of course.* Italiano, *per piaccere*, y un poco de francés y de alemán. Ahora empezaba con el ruso: *Pri-VET, pri-VET.* ¡Es precioso, el ruso! Lo que pasa es que vienen muy pocos rusos y no me da tiempo de aprenderlo bien. También hablo el idioma de los delfines, el de las ballenas y los cachalotes y el de los tiburones. Con todos ellos, incluso, y aunque no te lo creas, me puedo comunicar con la mente: no nos hace falta emitir sonidos.

—¿Os comunicáis telepáticamente? —preguntó Clara, admirada. Una vez vio una película en la que las protagonistas se comunicaban de este modo y se quedó muy impresionada.

—Sí, llámalo como quieras, telepatía, magia o lo que quieras, pero lo cierto es que yo con ellos no necesito estar cerca para hablarles —respondió la sirena, como quien no quiere la cosa—. Aunque prefiero hacerlo cara a cara, no creas. Son los únicos con los que puedo mantener una conversación, lo que a veces necesito.

—¿Hablas cara a cara con los tiburones? ¿No te dan miedo? —Clara también había visto varias películas sobre tiburones y en todas eran tiburones malísimos.

—¡Por supuesto! Tienen este aspecto un poco amenazante, los tiburones, pero son muy majos. Y muy sabios: piensa que llevan aquí más tiempo que nadie. Incluso más que nosotras, las sirenas. Cuentan cosas interesantísimas.

—No lo sabía.

—Los pobres, tienen muy mala fama. Y los persiguen constantemente. Por eso cada vez hay menos y cada vez puedo hablar menos con ellos. Pero la verdad es que no me molesta demasiado estar sola: tengo muchas cosas que hacer, como alimentarme y procurar que nadie me descubra, aunque de vez en cuando me muero de ganas de charlar con alguien más, la verdad.

La sirena hizo una pausa y, por primera vez, su rostro adquirió una expresión sombría. Fijó sus ojos en los de Clara y, bajando la voz, implorándole casi, le dijo:

—Tú querrás hablar conmigo de vez en cuando, ¿verdad? ¿Sin delatarme a los hombres del arpón? ¿A los hombres malos, que nos han ido matando, una a una? ¿Harás eso por mí? —le preguntó y, acto seguido, ante la consternación de Clara, la sirena se echó a llorar.

8

NADANDO CON DELFINES

Clara se quedó tan perpleja ante aquella reacción que no se le ocurrió otra cosa que hacer lo que siempre hacía cuando veía a alguna persona triste: abrazarla. Con fuerza, abrazó a la sirena, la cual, como impulsada por un resorte, empezó a sollozar, reposando su cabeza en el pecho de Clara. Así estuvieron niña y sirena un buen rato, hasta que esta última dejó de llorar, levantó la cabeza y, dirigiéndole una sonrisa tímida, le dio las gracias.

—¿Gracias? ¿Por qué? —le preguntó Clara.

—Porque hacía mucho tiempo que no lloraba y me ha ido muy bien —le contestó la otra—. De hecho, me encuentro tan bien que tengo ganas de ir a nadar muy lejos. ¿Me acompañas?

Aunque aún era temprano, el sol empezaba a lucir con fuerza, alertando de que aquel iba a ser otro día muy caluroso. Clara, sentada en aquella roca junto a aquella criatura fantástica, pensó que apenas había dormido esa noche. Una noche en la que se habían sucedido un montón de acontecimientos: la extraña conversación de sus tíos mientras se bañaban en la balsa. Su huida hacia la playa y aquel encuentro alucinante. Las emociones le habían producido una buena dosis de adrenalina que la había mantenido despierta y alerta pero, súbitamente, en aquella roca, sobre aquel agradable colchón de algas y notando el primer calor del sol, Clara se sintió muy cansada.

—Mira, me encantaría —le dijo—, pero no sé si voy a poder seguirte. ¡Estoy hecha polvo!

—Hecha polvo, hecha polvo —repitió la sirena—. ¡Qué expresión tan extraña! Ya me sorprendió el primer día que la oí —añadió, mirando fijamente a Clara con sus enormes ojos verdes, tan parecidos, pensó Clara de nuevo, a los de su tía—. Pero no te preocupes por el cansancio, yo te llevo. Además de tener un oído supersónico y el don de la telepatía, de poder bucear hasta lo más profundo del mar, de tener una voz maravillosa (como un día comprobarás) y de ser monísimas y simpáticas, las sirenas somos fuertísimas: aguantamos un chaparrón, como decís vosotros. Aunque yo nunca aguanto chaparrones porque, cuando llueve, me voy al fondo. Así que agárrate a mi espalda, que te llevo.

—¿Como a caballito? —preguntó Clara.

—Sí, como a caballito —repitió la sirena de nuevo mientras se encaminaba hacia el mar—. ¡Agárrate! —le ordenó.

Y, acto seguido, empezó a nadar. Clara se cogió con fuerza al cuello de la sirena, que empezó a agitar la cola con fuerza, adquiriendo una velocidad importante. Su amiga tenía la cabeza bajo el agua pero nadaba lo suficientemente cerca de la superficie para que ella la mantuviera afuera aunque, de vez en cuando, las dos se sumergían, recorrían unos metros bajo el agua y volvían a salir.

A sus once años, como muchos de los niños con los que se relacionaba, Clara ya había experimentado un montón de cosas. Había esquiado en la nieve y en el mar, había volado en globo aerostático, había saltado en mil camas elásticas, había viajado en crucero y en limusina rosa y había participado en un safari fotográfico en Sudáfrica. Por supuesto, también había visitado los parques de atracciones más grandes y se había montado en unas montañas rusas enormes y muy verticales. Había hecho tantas que, francamente, antes de aquellas semanas en la isla, Clara se entusiasmaba por muy pocas cosas. Nada la sorprendía. Estaba más que acostumbrada a las «experiencias mágicas», como decía la madre de las Codonyà. Sin embargo, el recorrer aquella hermosa costa a lomos de una sirena superaba todo lo imaginable. Sintió en su pecho una serie de emociones que habían dejado de serle familiares, como el asombro, la felicidad y la ilusión. Mientras cabalgaba sobre aquella extraña criatura, Clara supo que estaba viviendo una aventura única, pero también supo que debía ser una aventura secreta porque, si no, se estropearía.

La sirena y Clara nadaron por la costa junto a los acantilados tachonados de pinos que tanto le gustaban. A un cierto punto, doblaron un cabo y se encontraron en mar abierto: Clara sintió un punto de aprensión en el pecho al ver aquella vasta extensión azul, pero siguió confiando en su amiga, que nadaba todavía con más ímpetu. Pronto estuvieron lejos de la costa: el mar estaba bastante frío y era de un color cobalto precioso. Sin avisar, la sirena dejó de nadar y se quedó suspendida en el agua, sin moverse, con Clara encima de ella. La niña iba a decirle algo cuando oyó un ruido que, en un inicio, la asustó. Plop, se oyó y, a continuación, otro plop, y otro y otro. Frente a Clara y la sirena, una manada de delfines entraba y salía del agua, a toda velocidad. Eran una media docena, incluyendo dos crías que se afanaban por seguir a los otros. Clara estaba segura de que eran los mismos animales que vio desde el ferry

de camino a la isla. Pronto la sirena y Clara se unieron a ellos, entrando y saliendo del agua también a toda velocidad. A Clara la cabeza empezaba a darle vueltas de pura felicidad: mar, sirena, delfines, saltos. ¡Aquello era demasiado!, se dijo.

Y como si le hubiera leído el pensamiento, la sirena detuvo el paso y dio media vuelta.

—Está haciéndose demasiado de día —le dijo, mientras se dirigía hacia la costa—. Pronto van a llegar los barcos y los turistas. Tengo que dejarte y esconderme.

Y empezó a nadar aún con más fuerza, en dirección a las rocas.

—Te he de dejar aquí —le dijo, al poco de pasar el cabo—. Es demasiado arriesgado que a esta hora entre en la bahía. ¿Estarás bien? ¿Podrás llegar a tu casa?

—Creo que sí —le contestó Clara. La verdad es que no tenía ni idea, pero disimuló. Entendía que la sirena amiga estaba inquieta y por nada del mundo hubiera querido ponerla en peligro—. Tú no te preocupes. Yo me las apaño —le dijo.

—Okey, okey —le contestó la sirena, sonriendo—. Pero nos vemos otro día, ¿eh?

—¡Sí, claro! —dijo Clara—. ¿Cuándo?

—¿Mañana por la mañana? ¿Al amanecer? ¿Junto a la cueva?

—¡Perfecto! —dijo Clara.

—Okey, okey —le contestó la sirena, lanzándole un destello de sonrisa verde. Y a continuación, se sumergió, dejando como todo rastro de su presencia dos grandes burbujas que, en pocos segundos, reventaron con sendos plops.

9

Juan y Esmeralda

Clara encontró sin problemas el camino hacia la playa. Desde allí, se encaminó hacia la casa de sus tíos, donde entró sigilosamente por la cocina, confiando en que Carmen no estuviera aún por ahí.

Tuvo suerte. No había nadie que la incomodara con preguntas que no se sentía capacitada para responder. Procurando no hacer ruido, subió a su cuarto y, en cuanto vio la cama, se derrumbó sobre ella. Estaba agotada. «Muerta», que decía su madre. No había dormido, había conocido a una sirena y se había ido de paseo con ella. Sin olvidar que había descubierto que su tía firmaba con una letra parecidísima a la de las sirenas y que ella y su tío se bañaban a escondidas en la balsa, en plena noche y hablaban, no demasiado bien, de ella.

¿Y si su tía? ¿Y si su tío?

El cansancio era demasiado grande como para pensar nada más. Clara se quedó dormida. No se enteró de nada hasta que, pocas horas después, alguien llamó a su puerta con insistencia.

—¡Clara, Clara! ¿Estás bien? —Era la voz de Carmen. La mente de Clara era una nube muy espesa. A medida que iba despertándose, muy lentamente, un rayito de luz se abrió paso entre aquel nubarrón, que le recordó quién era y qué hacía allí.

—Carmen —acertó a responder—. Sí, estoy bien. Entra, entra.

La puerta se abrió y apareció la figura delgada y tiesa de la cocinera de sus tíos.

—¡Niña! —le dijo—. ¡Son casi las doce! Tu tío está preocupado. ¿Seguro que te encuentras bien?

—Sí, sí —respondió Clara—. Es que ayer me costó dormirme, con tanto calor.

—Bueno, date prisa, tu tío te espera para ir al pueblo. Hoy toca hablar con tu madre.

Su madre. El pueblo. El teléfono. Clara había olvidado por completo que era miércoles. Los miércoles y los sábados su tío la acompañaba al pueblo (siempre con Carmen, que aprovechaba para hacer la compra) para llamar a su madre desde el bar de Antonio. Trabajosamente, salió de la cama.

—¡Niña! ¡Te has dormido con bañador! —exclamó Carmen—. ¿De verdad que estás bien?

—Sí, sí —le volvió a responder Clara, mientras se

encaminaba hacia el lavabo—. Bajo en un momento, ¿vale? Dile a mi tío que no tardo, por favor.

Y a continuación cerró la puerta del baño, sintiendo que las piernas le pesaban. Se acercó a la pica y se mojó la cara, después hizo pis y volvió a mojarse la cara. Se vistió y se lavó los dientes. Sintiéndose un poco mejor, cuando llegó a la cocina se preparó unos cereales. Estaba acabándose el bol cuando oyó cómo el coche de su tío se ponía en marcha. Corrió hacia fuera. Juan y Carmen la esperaban ya dentro del vehículo. Entró y los saludó con un vacilante buenos días.

—¡Buenas tardes, casi! —le contestó su tío, riendo—. ¿Qué te ha pasado?

—Es que ayer no podía dormir, con tanto calor —repitió Clara.

—Sí, era insoportable —comentó él, mientras enfilaba el camino—. A Esmeralda también le costó.

—¡Y tanto que le costó! Tanto que os tuvisteis que ir a bañar a escondidas —murmuró Clara. Y, ahora que su cabeza empezaba a estar libre de nubes, recordó lo que había oído la noche anterior: las risas, los chapoteos y los comentarios sobre ella, la intrusa.

Ni su tío ni Carmen parecieron oírla. Él conducía, concentrado en la carretera, apartándose de tanto en tanto para dejar pasar los coches de los veraneantes que se dirigían hacia la playa.

—¡Qué ganas tengo de que se acabe agosto y podamos tener la playa para nosotros! —dijo su tío.

—Ay sí, señor Juan. ¡Qué ganas! Aunque agosto no ha hecho más que empezar —le respondió Carmen.

—Debe de ser un gustazo, esto sin nadie —apuntó Clara.

—No lo sabes bien —respondió su tío—. Cuando yo era pequeño no había nadie, nadie. Solo los peces y las gaviotas.

Clara sabía que su tío había nacido en aquella casona, que había heredado de sus padres.

—¿Por qué te hiciste marino, tío Juan? —le preguntó Clara.

—Pues porque cuando era joven la tierra no me atraía, Clara. Piensa que nací aquí, que era hijo único y, aunque tuve una buena infancia, crecí muy aislado. Solo soñaba con irme. ¡Con salir de aquí! Cosa que hice cuando cumplí la mayoría de edad. Me embarqué en el primer carguero que pasó. A mis padres casi los mato del disgusto, pobres, pero siempre confiaron en que un día volvería.

—Y volviste. ¿Por qué?

—Pues porque mi padre enfermó, mi madre estaba ya mayor y alguien tenía que hacerse cargo de todo esto —dijo él, señalando con su mano izquierda el paisaje del exterior de la ventanilla—. La verdad es que no me arrepiento. Esta casa y su playa son lo que más me gusta del mundo. Además, si no hubiera vuelto —añadió—, no hubiera conocido a Esmeralda.

—Yo pensaba que la habías conocido cuando eras marino.

—No, la conocí aquí, en esta playa.

—¿Cómo?

Su tío Juan no respondió. Impávido, miraba la carretera. Quizá no la había oído, pensó Clara:

—¿Cómo la conociste, a Esmeralda? —insistió.

Su tío Juan seguía sin responder. Clara se revolvió en el asiento e iba a preguntar una tercera vez, pero Carmen se adelantó:

—¡No preguntes tanto, niña! —le dijo. Clara detectó una cierta aprensión en su tono.

Se produjo un nuevo silencio que fue interrumpido cuando un coche enorme, un todoterreno similar al que aún tenían sus padres, apareció en la carretera, bloqueándoles el paso. Su tío, enfadado, tuvo que dar marcha atrás, porque el otro parecía no querer moverse bajo ninguna circunstancia. Cuando acabó la maniobra, cambió de tema, preguntándole a Carmen dónde quería que la dejara en el pueblo y a qué hora podría recogerla.

Cuando la dejaron en el centro, Clara y su tío aparcaron el coche cerca del bar de Antonio. Mientras él se sentaba en la terraza, Clara se sumergió en la penumbra del local. Antonio estaba detrás de la barra y, tras saludarse, le señaló el teléfono colocado sobre la misma, al cual su madre iba a llamarla a la una en punto.

—¿Coca-Cola con patatas fritas para ti, como siempre? —le preguntó.

—Sí, gracias. —Clara pensó que se moría por una Coca-Cola.

Mientras Antonio preparaba las consumiciones, sonó el teléfono. Clara se abalanzó sobre él. Nunca había tenido tantas ganas de hablar con su madre. De todos modos, no se atrevió a contarle nada sobre lo que había vivido en las últimas horas. Prefirió oírla hablar sobre cómo le iba el nuevo trabajo a su padre, la inminente firma de la venta de la masía en el Empordà, el calor insoportable que hacía en la ciudad y lo mucho que la echaban de menos. Antes de colgar, le mencionó a sus amigas, las hermanas Codonyà.

—Me encontré a su madre el otro día. Ahora todos están en el Empordà pero las niñas han pasado el mes de julio en un campamento de modelos en Estados Unidos. Un *mo-de-lling camp* —su madre pronunció estas palabras con mucho cuidado; aunque toda la vida le había insistido en que estudiara inglés, ella no lo hablaba—. Se ve que han aprendido un montón de inglés y han hecho todo tipo de actividades: yoga, aerobic, clases de maquillaje, estilismo, posado, pasarela... Les han hecho un book a cada una, como los de las modelos de verdad. Su madre los llevaba encima, por casualidad, dijo, y me los enseñó. La verdad es que estaban guapísimas... —Su madre hizo una pausa y, súbitamente, se le quebró la voz—: Clara, hija mía, no sabes lo mal que me supo, pensar que tú no has podido ir a un sitio así, con tus amigas, por nuestra culpa. Y que estés tan sola en esa isla, sin hacer nada productivo ni divertido, como las Codonyà. No sabes cómo lo siento, de verdad, Clara, hija.

Clara no respondió de inmediato a aquella súbita confesión de su madre. En cambio, cerró los ojos y pensó en todo lo que había vivido desde que llegó allí. En los baños en aquel mar transparente, en los libros, en el jardín de sus tíos, en la voz maravillosa de Esmeralda, en aquel pulpo enorme que vio buceando y, especialmente, en la sirena. En su maravillosa cola, sus dientes verdes y sus ojos brillantes. Y en aquel paseo a

100

sus lomos, de esa misma mañana, nadando con un grupo de delfines.

Su madre seguía hablando, lamentándose de su mala suerte y de la oportunidad que habían tenido las Codonyà. Clara tuvo que interrumpirla:

—Mamá, mamá —dijo. Pero como la otra no callaba, tuvo que alzar la voz—: MAMÁ.

—¿Qué, hija? —le preguntó su madre, un tanto sorprendida.

—Hazme un favor: no me hables más de las Codonyà, ¿vale? Ni de la tontería esa del *modelling camp.* Hubiera odiado ir a un *modelling camp.* Lo hubiera odiado —repitió—. No te sientas mal, por favor; estoy feliz aquí. Me están pasando cosas, muchas cosas. Cosas que seguro que a las Codonyà no les van a pasar nunca, en la vida —«como nadar con una sirena de verdad», pensó—. Así que no te preocupes. Estoy muy, muy, bien. Muy contenta y prefiero mil, mil, veces haber venido aquí que irme con las Codonyà a un *modelling camp.* Te quiero mucho mamá, un beso y hasta el sábado.

10

CLARA, LA INTRUSA

Clara pronto adquirió una nueva rutina que giraba alrededor de su nueva amiga.

Se despertaba muy temprano, antes de que amaneciera, y, procurando hacer el mínimo ruido, se vestía, bajaba las escaleras y se deslizaba por la puerta de la cocina hacia la playa.

En la bolsa llevaba unas galletas y una fruta o un bocadillo que se preparaba la noche anterior. Era su desayuno y se lo comía en la pequeña ensenada donde estaba la cueva, mientras esperaba que la sirena apareciera. El sol ya empezaba a subir lentamente, lo que provocaba que la superficie del mar empezara a brillar, como si estuviera recubierta de purpurina.

Y, súbitamente, siempre desde un lugar distinto y siempre por sorpresa, aparecía la cabeza de la sirena. Sonriente y encantada de ver allí a Clara.

—¡Clara! ¡Clara! —la llamaba—. ¡Ya estás aquí! ¡Olé, olé! ¡Venga, que nos vamos por ahí!

Y Clara, ni corta ni perezosa, se sumergía en el agua y subía a lomos de su amiga.

En aquellas excursiones se llevaba las gafas y el tubo que le había regalado su tía. La primera vez que las vio, la sirena se tronchó de la risa.

—¡Mira que sois defectuosos! —le dijo—. Necesitáis poneros esos cristales enormes para ver el fondo del mar. ¡Estás guapísima! —le dijo, burlona.

Clara no se ofendió porque la sirena llamara defectuosos a los humanos. «Comparados con ella, lo somos», pensó. «Ella ve perfectamente, dentro y fuera del agua, puede sumergirse hasta no sé cuántos metros sin salir a respirar, es rápida como un delfín y fuerte como un oso. Habla un montón de idiomas y dice que tiene el don de la telepatía. Vive sola desde hace muchos años y se espabila como nadie. ¡Es listísima!», concluyó.

Además, era muy simpática y le encantaba jugar. ¡Y escuchar! La sirena era muy curiosa y le preguntaba todo tipo de cosas a Clara. Parecía interesadísima en su vida en Barcelona, en lo que aprendía en la escuela, en cómo eran sus padres y sus otras amigas, en los viajes que había hecho y en las cosas que le gustaban. Así que Clara le contaba lo que hacía en la escuela, cómo eran Londres y París y el poder que tenía la nieve en transformar cualquier paisaje en una postal. También le explicaba lo que eran las redes sociales —la sirena no lo entendió demasiado bien—, los dolores de cabeza que a veces le daban las Codonyà con sus caprichos y lo mal que lo pasaron sus padres cuando a él lo despidieron del trabajo. Cuando se acabó el repertorio de su vida y de sus viajes, Clara empezó a contarle historias a la sirena. Por aquel entonces, las que más le gustaban eran las de miedo: las que se explicaban entre amigas en las fiestas de pijama y les impedían dormir. Así que Clara, ante el deleite de la sirena, le desgranaba cuentos de payasos asesinos, de vampiros enamorados y de hombres lobo guapísimos, de zombis sanguinarios y de niñas que se aparecían en la carretera, haciendo autoestop, y desaparecían del asiento trasero del coche después de alertar al conductor de lo peligrosa que era una curva en particular.

—Es la historia del «fantasma de la curva» —dijo Clara—. Y creo que es cierta, porque le pasó al abuelo de una amiga mía, en una carretera cerca de Barcelona. Luego descubrió que allí había muerto atropellada una niña de la misma edad que la que hacía autoestop.

—¡Jo! ¡Qué miedo! —dijo la sirena—. Casi tanto como la historia del ectoplasma.

Se refería a otra historia que le había explicado Clara y que, supuestamente, le había sucedido a una prima mayor de las Codonyà:

—Estaban haciendo una «ouija», que es una sesión de espiritismo, donde con un tablero con el alfabeto y los números y un vaso y concentrándote mucho, puedes establecer contacto con los espíritus —empezó Clara.

—¿Con los fantasmas, te refieres?

—Sí: fantasmas, espíritus, seres de otro mundo; viene a ser lo mismo —dijo Clara, levemente irritada por la interrupción—. La cuestión es que el espíritu hizo presencia enseguida y empezó a mover el vaso a toda velocidad y a decirles cosas en un idioma que no entendían y, de repente, del pelo de la prima de las Codonyà, como si fueran rayos de sol, emergió una especie de sustancia viscosa, como un slime gigantesco, que salió disparada hacia el techo.

—¡Un ectoplasma! La manifestación física de un espíritu —resumió la sirena, extática. Le encantaba aquella historia: no era la primera vez que la oía.

—Sí, y todos se fueron corriendo de la habitación, despavoridos. También la prima de las Codonyà, que se tocaba la cabeza y, desesperada, gritaba: «¡déjame!, ¡déjame!». No se atrevieron a entrar hasta al día siguiente, y ¿sabes lo que vieron?

La sirena lo sabía, sí, pero no iba a interrumpir a Clara. Le encantaba aquel final. Asintiendo con la cabeza y abriendo mucho los ojos, la animó a continuar:

—Pues se encontraron que todo —el tablero de la ouija, la mesa, las sillas, la alfombra, las paredes de la habitación, ¡todo, todo!— estaba recubierto del líquido viscoso que había salido de la cabeza de la prima de las Codonyà. ¡Todo lleno! Solo te diré que se tuvo que pintar la habitación de nuevo.

—Se tuvo que pintar la habitación de nuevo —repitió la sirena—. ¡Imagínate!

Pero no todo era hablar. La sirena y Clara, en esas horas en las que estaba desierta, jugaban mucho cerca de la playa. Al escondite, al pilla-pilla y a hacer volteretas y verticales en el mar. Clara también le enseñó a jugar a espías, a cantar como en Eurovisión y a hacerse peinados con el agua. Esos juegos que tanto le habían gustado cuando era más pequeña pero que, en los últimos años, entre las extraescolares, los viajes educativos con la familia y los cursillos de verano, casi había olvidado. Jugar allí, en aquel lugar tan hermoso con aquella amiga tan especial, le parecía lo más increíble del mundo.

Aquel día jugaron a tirarse desde las rocas, quizás el único pasatiempo —junto a las verticales— donde la sirena tenía una cierta desventaja respecto a Clara. Esta se tronchaba de risa al ver cómo su amiga subía hasta el peñasco escogido para lanzarse. Primero se arrastraba («¡como un gusano de mar!», le decía, también riéndose) por las rocas planas. Después se asía con las manos, como una escaladora sin piernas, mientras su preciosa cola refulgía con la luz del amanecer. Cuando llegaba hasta arriba, con un impulso increíble, se lanzaba hasta el mar, en un perfecto salto del ángel.

Un día, durante una de aquellas pequeñas escaladas, la sirena lanzó un grito:

—¿Qué te pasa? —le preguntó Clara, que ya había llegado arriba.

—Nada. Me he enredado el pelo en una roca —dijo la sirena—. No pasa nada.

Al incorporarse para empezar a subir, uno de sus largos mechones verdes se le había enganchado en una roca. La sirena estuvo un rato tratando, sin éxito, de desenredarlo. Al ver que no podía, optó por estirarlo a lo bruto con las manos. «¡Ay!», gritó, pero consiguió zafarse, aunque una parte del mechón se quedó adherido a la roca. Colgaba lánguido, como un alga extraña.

La sirena no se molestó en arrancarlo, sino que continuó trepando con sus manos, hasta llegar arriba. Una vez allí se lanzó, de nuevo de forma impecable, de cabeza hacia el mar, en pos de Clara.

El tiempo pasaba muy rápidamente y pronto llegaba el momento en el que la sirena le comunicaba a Clara que tenía que marcharse: «Van a llegar los turistas, los alemanes, que siempre son los primeros», le decía. Clara la entendía perfectamente: sería horrible si alguien la viera.

Hacía unos meses, en esa época previa a la isla y a la sirena, había visto en internet una noticia que la había horrorizado. En una playa argentina unos bañistas habían atrapado a una preciosa cría de delfín que nadaba, perdida, cerca de la orilla. La habían sacado del agua y habían empezado a hacerse *selfies* con ella para colgar-

los en sus redes sociales. El delfín había muerto, asfi-
xiado, mientras Facebook, Twitter e Instagram se lle-
naban de fotos de hombres, mujeres y niños en bañador
posando con un delfín al que estaban matando. Clara
estaba segura de que, si descubrieran a su amiga, también intentarían atraparla para hacerse *selfies*. No quería ni pensar lo que podría pasarle.

—Vete, vete —le decía—. Mañana nos vemos a la
misma hora.

—*Ciao, bella. A domani!* —le respondía la sirena, lanzándole una sonrisa verde y resplandeciente.
A continuación se sumergía con un discreto plop y
desaparecía por completo.

Clara se la imaginaba buceando mar adentro, evi-
tando los barcos que pronto empezarían a llegar a la
bahía. Los barcos, le había contado, eran terribles:

—Hacen ruido, huelen mal, tienen unas hélices
enormes que nos pueden matar y arrojan basura al
mar. No los soporto —le dijo—. Cuanto más lejos los
tenga, mejor.

Ese mismo día, Clara casi se muere del susto cuando, al poco de despedirse de su amiga, trepando por las
rocas, oyó el ruido de un motor.

Instintivamente, se escondió detrás de una roca. Se
asomó por un lado, con mucho cuidado. Lo que vio la
inquietó mucho: era, otra vez, el hombre apestoso, que
tripulaba su barca sucia y despintada por la ensenada
donde, minutos antes, ella y la sirena habían estado
jugando. Parecía que buscara algo.

Al día siguiente, le explicó a la sirena lo que había
visto.

—Quizá sea uno de esos hombres del arpón —respondió esta, asustada. La sirena solamente perdía la calma cuando hablaba de los hombres del arpón—. Son seres malvados que nos quieren pescar con sus redes y sus lanzas. Tú me protegerás de este, ¿verdad?

—Yo... Sí, claro —dijo Clara, aunque no sabía muy bien cómo podía hacerlo. Intuía que solo su tío Juan podía ayudarle con aquel hombre, pero no sabía cómo enfocarle el tema. No sabía cómo decirle que lo había visto sin que él le preguntara qué hacía ella a esas horas en la playa.

Además, la relación con sus tíos ya no era tan fluida. Desde la noche en la que los descubrió bañándose en la balsa, cuando su tío se refirió a ella como «un estorbo», las cosas habían cambiado. Para empezar, ya no cenaban los tres juntos, como al principio. Al parecer, le explicó Carmen, Esmeralda no se encontraba muy bien y prefería cenar sola.

—¿Qué le pasa? —preguntó Clara, preocupada.

—Mi niña, ¿sabes lo que es la migraña? Pues eso es lo que le pasa a tu tía, tiene migraña. Y cuando tu tía tiene migraña, le dura días y días.

Clara sabía lo que era la migraña, sí. Unos dolores de cabeza muy fuertes y prolongados. Su madre los sufría de vez en cuando. «Pobre tía Esmeralda», pensó.

Una tarde, cuando volvía de la playa, se acercó a las habitaciones de su tía con la idea de llamar, pasar y preguntarle en persona cómo se encontraba. Estaba a punto de tocar la puerta cuando oyó las voces de sus tíos, procedentes del interior de la habitación.

Así que, en vez de llamar, Clara hizo algo que jamás había hecho antes en su vida: apoyó la oreja en la puerta, dispuesta a escuchar de qué hablaban. No le costó demasiado. En los últimos días —y aunque no sabía muy bien por qué—, Clara había notado que su oído era cada vez más agudo: oía las cosas, incluso las voces más distantes y los ruidos más suaves, cada vez con más claridad. Por ello, las palabras de sus tíos le llegaban a través de la puerta nítidas y perfectas:

—Esmeralda, tranquila, tranquila... Pronto te pasará, pronto dejarás de oírlas —le decía Juan a su esposa.

—¡No creo, Juan, no creo! —respondía ella, agitada—. ¡Es que no paran! Son dos voces y, a veces, me hablan a la vez, aunque sé que no están juntas. Una me habla desde lejos y la otra está cerca, muy cerca. Creo que una me habla sin darse cuenta: me transmite pensamientos que no tienen mucho sentido, pero la otra, la que está lejos, me pide ayuda. Me dice que está sola, que la ayude, que me reúna con ella...

—¿Reunirte? ¡¿Reunirte?! ¡No puedes salir de aquí, Esmeralda! ¡Y menos ahora! Es muy peligroso. ¡¿Me entiendes?! NI SE TE OCURRA.

Su tío Juan, alterado, estaba gritando. Tanto, que Clara tuvo que despegar la oreja de la puerta, porque el tono y el volumen le resultaron insoportables. Al hacerlo, golpeó sin querer la madera con su pie, delatando su presencia.

Como un rayo, su tío Juan abrió la puerta. Su mirada era vidriosa, como la de su padre el día en el que lo despidieron del trabajo.

—¡¿Qué haces aquí?! —le preguntó, con malos modos—. No estarías escuchando, ¿verdad?

—Juan, por favor, deja a Clara tranquila. —Era su tía Esmeralda, que se aproximaba hacia ellos, con su silla de ruedas. Por fin, Clara pudo verla, después de varios días. Parecía más delgada y estaba más pálida que nunca. Las bolsas oscuras bajo sus ojos eran enormes: como dos pozos negros. En aquel momento, su tía no le parecía una reina elfa, sino un fantasma.

—¿Estás bien, tía Esmeralda? Solo quería saber cómo te encuentras —acertó a decir Clara.

—¡Está perfectamente! —respondió su tío, interponiéndose entre ellas—. Esmeralda solo necesita descanso y tranquilidad. Así que nada de fisgonear por su cuarto, ¿entendido? ¡Aquí no queremos fisgonas! Si no, te tendremos que mandar de vuelta a casa —le advirtió su tío, antes de cerrarle la puerta en sus narices.

II

MEDUSAS DE APERITIVO

S i no hubiera sido por su nueva amiga, el malestar de Clara ante el portazo de su tío y el aspecto enfermizo de su tía le hubieran resultado insoportables. Sin embargo, ir a la playa prácticamente antes de que amaneciera y pasar allí varias horas con aquella criatura fantástica le resultaba algo tan estimulante que se olvidaba del mal rollo que reinaba en la casona.

Además, a medida que pasaban los días, Clara y la sirena se fueron conociendo y gustando, más y más.

Y como el ser humano se acostumbra a casi todo, especialmente a lo bueno, Clara pronto empezó a acostumbrarse a algunas de las peculiaridades de su nueva amiga. Ya no la sorprendían tanto ni aquella mata de pelo verde ni los dientes tiznados de algas ni, tampoco, los ojos esmeralda e incluso, aquella cola resplandeciente que la dejó maravillada el primer día. Y aunque su fuerza y su velocidad al nadar todavía la dejaban patidifusa, casi empezó a ver normal que la sirena la llevase a hombros sin esfuerzo aparente.

También se acostumbró a verla devorar algas, que parecían ser su comida favorita y picoteaba cada vez que se paraban en una roca a charlar. De todos modos, la primera vez que la vio zamparse una medusa, Clara se quedó de piedra.

Sucedió durante una de sus excursiones a mar abierto. Se habían detenido a descansar en unas rocas bajo el acantilado cuando Clara detectó un grupo de esos seres gelatinosos y rosados los cuales, mecidos por el mar, avanzaban como borrachos hacia las rocas.

—¡Medusas! ¡ÑAM! —gritó su amiga. Y acto seguido, se lanzó en medio del banco de medusas. En cuestión de segundos, emergió con una de estas criaturas en la mano y, ante la estupefacción de Clara, se la metió en la boca.

—Pero ¿no te pican? —acertó a decirle.

—¡Qué va, tía! —le respondió la otra mientras mascaba, encantada de la vida, la boca llena de masa gelatinosa—. ¡Son buenísimas! A las sirenas nos chiflan. Recuerdo a mi madre o a alguien de mi grupo dándomelas, cuando era pequeña. Entonces eran una rareza. Una *delicatessen*, que decís vosotros. Ahora las hay por todas partes.

—Pues sí. Están por todas partes —repitió Clara—. Son una plaga. Me acuerdo que el verano pasado, en la Costa Brava, hubo muchos días en los que no nos pudimos bañar por su culpa. Había miles, miles. Una invasión. Mis padres dicen que es debido al cambio climático.

—¿Qué es exactamente, el cambio climático? —preguntó la sirena mientras, feliz, engullía otra medusa—. Oigo que los humanos hablan del tema, pero no me queda claro en qué consiste.

—Bueno, no soy una experta —dijo Clara—, pero por lo que me han explicado, en casa y en el cole y, también, mi tío Juan, cuando me contaba cosas, lo que está pasando es que los hombres hemos contaminado tanto, con los coches, las fábricas, el carbón y los aires acondicionados, que hemos recalentado la tierra. La temperatura está aumentando demasiado deprisa, hemos cambiado el clima de forma artificial y ni las plantas ni los animales se pueden adaptar tan rápidamente a un cambio tan bestia.

—Caray. —La sirena se quedó pensativa—. ¿Y por eso hay más medusas?

—En parte. El mar está cada vez más caliente y les encanta. Pero mi tío Juan también me dijo que la principal razón por la que hay tantas medusas es que en el Mediterráneo ya casi no quedan peces grandes, como los atunes, que se han pescado masivamente. Para hacer sushi y esas cosas. Tampoco hay apenas tortugas: muchas se mueren atragantadas por plásticos, que confunden con medusas. Junto a los atunes, las tortugas son las principales depredadoras de las medusas.

—Te olvidas de las sirenas —le dijo su amiga—. A nosotras nos encantan las medusas. Soy capaz de comerme cincuenta en media hora. ¿Por qué te crees que en esta playa nunca hay? —le preguntó—. ¡Pues porque estoy yo! —respondió, con una amplia sonrisa salpicada de alguitas y restos de tentáculos de medusa—. Imagínate si fuéramos más. Como antes, cuando era pequeña. ¡No habría ni una!

La sirena se quedó callada unos instantes, mascando. Le ocurría siempre que hablaba de las otras. Se quedaba pensativa. Triste. A menudo, tras aquellos silencios, cambiaba de tema. Otras veces, sin embargo, le contaba cosas a Clara sobre su vida anterior:

—Me acuerdo de poco. Éramos varias. De distintas edades, aunque yo era la más pequeña, eso sí que lo recuerdo perfectamente. Pero no me preguntes cómo nacemos, las sirenas, porque no tengo ni idea. Lo que sé es que tenía una madre. Eso seguro. Guapa, guapa, como yo. —La modestia no era algo que la preocupara, a su amiga—. Con el pelo verde y los ojos verdes. Pero no todas tenían estos colores, no te creas. A veces, venían sirenas de otras partes y eran morenazas y guapí-

simas, con unos ojos negros como el fondo más profundo del mar y unas colas que parecían de terciopelo azul. O pelirrojas, con la piel llena de pecas y colas en gamas de rojos, rosas y naranjas. Y también las había con el pelo blanco, blanquísimo. Esas eran las sirenas más viejas, las que mandaban.

—¿Había más sirenas niñas, como tú? —le preguntaba Clara.

—No. Yo solo recuerdo sirenas mayores. Que me cuidaban mucho, muchísimo. Me mimaban, que decís vosotros. Aunque siempre he nadado la mar de bien, me llevaban mucho a caballito, como te llevo yo a ti. Recuerdo pasarme el día nadando, agarrada a la espalda de otra sirena, buscando comida, hablando con los delfines, admirando a los cachalotes que entonces pasaban por aquí. Eso era lo que hacíamos: comer, nadar y buscarnos la vida, que decís vosotros. Sin molestar a nadie. ¡Ah! También cantábamos —continuó—. A las sirenas nos encanta cantar, ¿sabes? A mí también me gusta, pero el problema es que no recuerdo ninguna letra. Solo alguna melodía. Así que no puedo cantarte nada, solo tararearte cosas. De todos modos, he aprendido algunas de vuestras canciones, que he oído en esta y en otras playas y en los barcos. Una hablaba de una tal Macarena, otra de la barbacoa y otra de no sé qué del despacito. No matan, la verdad. Te puedo asegurar que nuestras canciones son mejores.

La sirena se quedó pensativa de nuevo. Clara temió que dejara de hablar, pero ella continuó:

—Un día, empezaron a faltar algunas sirenas. No volvían. Teníamos un lugar secreto, de reunión, donde nos juntábamos. Un lugar tan secreto que, aunque eres mi mejor amiga, Clara, no puedo revelarte dónde está. Cuando estábamos todas, la cueva (porque es una cueva, solo voy a decirte eso) era el lugar más genial del mundo. Es preciosa. Un lugar muy especial, con techos... No, no puedo decirte nada más —repitió su amiga, antes de continuar—: Allí, las sirenas de mi manada hablaban, comían, cantaban, se contaban historias de sirenas y se reían, ¡se reían mucho! Yo era muy pequeña pero recuerdo que, cuando estábamos todas, había muy buen ambiente, que decís vosotros. Pero, poco a poco, empezamos a ser menos, cada vez menos. Y también empezamos a reírnos menos. Recuerdo bien un día en el que no volvieron dos sirenas, dos de las más jóvenes, y mi madre y las otras lloraban. Como también recuerdo perfectamente el día en que no volvió mi madre. El vacío, el horror que sentí ese día. De hecho —dijo la sirena llevándose la mano al pecho—, es un vacío que aún tengo, dentro de mí. Forma parte de mí. La última de mi grupo fue una viejita. Estaba muy mayor y se pasaba la mayor parte del día en la cueva, porque a ella sí que le tocaba desaparecer de forma natural, no como a las otras. Las sirenas crecemos despacio y vivimos muchos años. Esa viejita debía de tener más de doscientos años, así que ya no salía de la cueva, prácticamente. Eran las otras las que se encargaban de traerle comida y de cuidarla. Yo, en ese entonces, también me pasaba mucho tiempo allí, pero por otras razones: todavía era pequeña. Así que al final nos quedamos ella y yo, y como yo era todavía más vulnerable que ella, pues un día salió, la pobre, a buscar comida, porque no le quedaba otra opción. Tampoco volvió. Así que me quedé sola, completamente sola, en nuestro refugio. Aguanté no sé cuántos días, comiéndome todas las algas de las paredes. Pero al final, el hambre y la soledad pudieron más que el miedo y me marché.

—¿Adónde?

—Primero, fui a buscar a mi grupo. Recorrí toda la costa de la isla y la de las islas cercanas. Nada. Así que mi segundo paso fue buscar otras sirenas: sabía que había otras manadas desperdigadas por el Mediterráneo. Buscándolas he recorrido mucho mar, Clara, ¡mucho! Durante años. Pero no encontré ni una sirena. Ni un rastro. Así que, al ver que yo era la última, decidí volver al lugar donde nací.

—¿Cuánto hace que volviste?

—No hace mucho. Un par de meses, más o menos. Aquí se vive muy bien. Hay muchas medusas y algas deliciosas y los delfines se desvían para hacerme compañía. De momento, aquí sigo; sana y salva.

—Te las has apañado muy bien —observó Clara.

—Sí. No me ha ido mal —respondió la otra—. No te creas: durante estos años me han pasado algunas cosillas malas. Pero también me han pasado cosas maravillosas. Y me he reído, he aprendido y he jugado aunque, hasta que te conocí, básicamente jugaba sola o con los delfines, que son bastante simpáticos. O con algún pulpo que se dignara a jugar conmigo: pero son un poco difíciles de convencer, los pulpos, porque son demasiado inteligentes para según qué. ¿Sabes? —le dijo la sirena, mirándola fijamente—, tener una amiga, una amiga real como tú, es una de las dos cosas que llevaba años deseando que me pasara.

—¿Dos cosas? ¿y cuál es la otra? —le preguntó Clara.

—Saber mi nombre. Me encantaría recordar cómo me llamo.

12

TODO POR UN NOMBRE

Desde aquel momento, Clara se marcó un objetivo: devolverle el nombre a la sirena. «Todos tenemos que tener un nombre», se dijo, resuelta. Estaba dispuesta a hacer todo lo posible para averiguar el de su amiga. Además, sabía cómo hacerlo.

—¿Te acuerdas cuando me explicaste que aquí estaba tu nombre? —le dijo, señalándole el medallón que colgaba del pecho.

—Sí, claro —le respondió.

—Bueno —prosiguió Clara—, estos signos no solamente están grabados en esta piedra y en la pared de la cueva del acantilado: también están en casa de mis tíos. Yo los he visto. Y estoy segura de que mi tía sabe qué significan —le dijo a su sorprendida amiga.

—Pero ¿cómo va a saber tu tía de nosotras? —le respondió ella.

—Pues porque algo sabe —contestó Clara—. Ella es diferente.

Clara no quiso explicarle aún que su tía Esmeralda era muy diferente a la gente en general y, de hecho, muy parecida a ella. Tenían casi el mismo color de ojos y el timbre de voz muy similar. El día en el que la sirena le cantó por primera vez —y aunque fue una canción de su inacabable repertorio de canciones del verano—, a Clara se le pusieron los pelos de punta. No solo porque la voz de su amiga era tan bonita que transformó por completo la canción, sino porque reconoció la voz de su tía en la de la sirena. Desde esa noche en la que los sorprendió bañándose en la balsa, Clara había empezado a encajar cosas. A resolver un puzle mental que ni sabía que tenía en la cabeza.

Los ojos verdes, el pelo con mechones verdes, la piel tan blanca. La silla de ruedas. La voz maravillosa. Ese baño clandestino a medianoche. Esa melancolía, que también detectaba en su nueva amiga. Los cuadros, con paisajes marinos, que decoraban su habitación. Y, por supuesto, la firma de los mismos: con unas letras tan parecidas, si no iguales, a las que había en la boca de la cueva y en el medallón de la joven sirena.

Clara estaba convencida de que su tía Esmeralda tenía mucho que ver con las sirenas.

—Tendrás que dejarme tu medallón hasta mañana. Así podré comprobar que se trata de la misma escritura y averiguar cómo te llamas —le pidió Clara. Habían vuelto ya a la ensenada de la cueva. El sol empezaba a ascender con rapidez y ya era hora de despedirse.

La otra, sin dudarlo, agachó la cabeza y se sacó el colgante. Se lo tendió a Clara con una gran sonrisa.

—¡No sabes las ganas que tengo de saber mi nombre! —le dijo y, con voz grave, añadió—: Confío en ti, Clara, y te presto este medallón sagrado para que averigües cómo me llamo. Te estaré agradecida toda mi larga vida por ello.

—¿Sagrado? —le preguntó Clara—. ¿Qué quieres decir?

—¡Es una broma! —le respondió la sirena—. Pero sé que es importante para mí. Recuerdo que, antes de que desaparecieran todas, la viejita me dijo que este medallón era muy importante. Pero tú eres mi amiga, Clara. Mi única amiga. Mi mejor amiga. Así que confío en ti y te lo presto.

—Mañana te lo devuelvo —le respondió Clara, tras unos segundos de vacilación. No sabía por qué pero la idea de llevarse el colgante ya no le parecía tan buena.

—¡Sí, claro! Y, además, me lo devolverás con otra cosa: ¡con mi nombre! No sabes las ganas que tengo de saber cómo me llamo. Es casi lo único que me queda de mi gente. Estoy impaciente. ¡Hasta mañana!

Y sin decir nada más, la sirena se zambulló en el agua, sumergiéndose. Clara permaneció sentada en la roca, tratando de detectarla con la vista mientras se llevaba la mano al cuello y tocaba el cordel de algas que sostenía el medallón. Tras unos minutos, se puso de pie para emprender la marcha hacia la casa de sus tíos. Fue entonces cuando, en la lejanía, vio cómo se perfilaba la silueta de una barca, que se acercaba hasta allá. «Otra vez el hombre apestoso», murmuró Clara. «¿Por qué no nos deja en paz de una vez?»

Y haciéndose esta pregunta, aceleró el paso, diciéndose que quizás ya había llegado el momento de explicarle a su tío Juan, por muy antipático que estuviera, que aquella no era la primera vez que Lucio, el pescador, se acercaba por la playa.

Lucio y Clara tenían algo en común. Los dos se habían encontrado con una sirena en algún momento de su vida. Sin embargo, a diferencia de Clara, Lucio no deseaba entablar ningún tipo de amistad con un ser

de ese tipo. Solo ansiaba una cosa: pescarla. Cazarla. A ser posible, viva. Si no era posible, muerta. «Me pagarían lo mismo», pensaba.

Desde el día en que vio, muchos años atrás, a aquella hermosa sirena en aquella parte de la isla, no había dejado de pensar en ella.

Lucio era en ese entonces un adolescente y su padre había estado al mando de la situación, que acabó como acabó. Desde ese momento, Lucio la había buscado. Prácticamente durante cada día de su vida, aunque sin suerte.

Hasta ahora.

Unos días atrás, en una de sus incursiones por aquella costa, cerca de la casa donde vivían aquel malnacido de Juan y su misteriosa esposa, descubrió algo que le hizo pensar que una sirena rondaba por ahí. Enganchado en una roca, Lucio detectó algo extraño, de color verde. De lejos, parecía un alga e, incluso, un plástico. Pero Lucio sabía que no era ni un alga ni un plástico.

Se trataba de un mechón de cabello. De color verde oscuro.

Se acercó a la roca y, con un movimiento brusco, arrancó el mechón. Se lo llevó a la nariz, oliéndolo como un cazador huele un rastro. «Pronto serás mía», masculló.

Mientras caminaba hacia la casa, Clara concluyó que aquel era el mejor momento para entrar en las habitaciones de su tía.

Era arriesgado, sí, pero su tía nunca se levantaba

antes del mediodía y aún era temprano. Su tío ya debería haber desayunado y se habría encerrado en la biblioteca. Carmen estaría en la cocina.

—Ahora o nunca —murmuró Clara. Algo le decía que tenía que actuar rápido.

Entró sigilosamente, por la puerta principal. El corazón le resonaba en su pecho como un tambor. Tanto, que se preguntó si aquel ruido alertaría a alguien.

Pero todo continuaba en silencio y Clara, tras inspirar con fuerza para tratar de calmarse, se encaminó hacia las habitaciones de su tía. Con cuidado, abrió la puerta y entró. Las cortinas se agitaban tímidamente al son de la ligera brisa. Detrás de ellas, estaban los postigos de madera, con las lamas bajadas, por las que ya se colaba el sol de la mañana. «Puedo ver», pensó Clara, aliviada.

Decidida, se encaminó hacia la pared donde colgaban las acuarelas y las observó detenidamente. Eran, realmente, preciosas, pensó. Todas transmitían una curiosa sensación de melancolía. Parecían haber sido pintadas por alguien que echaba mucho de menos aquellos lugares.

Se fijó en la firma de los cuadros. Estaba compuesta de nueve signos. El mismo número de letras que tenía el nombre de su tía.

Súbitamente, lo vio clarísimo:

«ESMERALDA. Aquí pone ESMERALDA», pensó.

Presa de la excitación, se sacó el colgante del cuello, donde lo llevaba desde que la sirena se lo había prestado, y lo puso al lado de uno de los cuadros, para compararlos. Sin duda, se trataba de la misma escritura.

El nombre de su amiga estaba formado por cinco letras. Tras una atenta observación, Clara dedujo que había tres que coincidían con las del medallón. Y si los nueve signos significaban ESMERALDA, las letras que coincidían en el medallón eran las tres últimas del nombre inscrito: RAL.

—La sirena se llama algo y «ral» —musitó Clara y, acto seguido, tuvo una iluminación—: ¡CORAL! —exclamó, sin poder contenerse—. ¡Se llama CORAL!

Estaba tan contenta en haber descubierto el nombre de su amiga que tardó unos segundos en darse cuenta de que estaba hablando en voz alta. Se recompuso y decidió volver a su cuarto, cuando oyó un sonido desde la habitación contigua. Se quedó quieta tratando de escuchar. Su tía hablaba en sueños, con palabras ininteligibles. Clara ya se encaminaba hacia la puerta cuando la asaltó una idea loca:

—¿Y si abro la puerta del cuarto de mi tía y le miro las piernas?

Sin reflexionar, se dio la vuelta y se encaminó hacia el dormitorio. Puso la mano en el pomo de la puerta y, con mucho cuidado, lo movió hacia la derecha. Se oyó un *clic* imperceptible y la puerta se abrió. Clara, envalentonada, entró. Sabía que estaba haciendo una cosa incorrecta, pero no podía resistirse. Algo le decía que en aquel cuarto iba a encontrar aún más respuestas.

La habitación estaba un poco más oscura que la contigua, por lo que los ojos de Clara tardaron unos segundos en habituarse a aquel ambiente. Pero cuando se enfocaron sobre la cama vieron claramente la silueta de su tía, dormida y tapada por una sábana blanca. Bajo ella se veía el promontorio que formaban sus extremidades. Clara las recorrió con la mirada: la forma que se intuía bajo la cubierta era la de unas piernas largas y esbeltas. «Pero si es una cola, no se notará, con la sábana encima», pensó.

Tendría que levantar la sábana.

Se acercó al costado de la cama y, de nuevo sin pensar en lo que estaba haciendo, cogió delicadamente un extremo de la sábana y tiró de ella.

Las piernas de su tía Esmeralda quedaron al descubierto.

No eran piernas. Era una cola. Como la de su amiga. Sin embargo, bajo aquella luz tenue, la cola de su tía no parecía una joya, como la de Coral, sino algo inerte y descolorido. Clara tardó unos segundos en procesar otra información: en el extremo no había una aleta, sino un muñón, negro y arrugado.

Clara no pudo reprimir un grito y, al instante, su tía se despertó.

—¿Qué estás haciendo aquí? ¡¿En mi habitación?! —le espetó su tía, con furia, tras abrir los ojos. Sin dejar que la niña le respondiera, se puso a chillar—: ¡JUAN! ¡JUAN! ¡JUAN!

Mientras ambas esperaban a que llegara Juan, se quedaron mirándose, en silencio.

—Eres una sirena —le dijo Clara, finalmente—. Coral no es la última.

Los enormes ojos verdes de su tía refulgían. Su rostro demacrado ya no tenía aquella expresión dulce a la que estaba acostumbrada: era dura y alerta, como si temiera que alguien fuera a atacarla.

En aquel instante entró su tío Juan, alterado.

—¡Esmeralda! ¿Qué sucede?

Fue entonces cuando reparó que había alguien más en la habitación.

—CLARA —gritó—. ¡¿Qué haces aquí?! ¿Cómo te has atrevido? ¿Cómo te has atrevido? —repitió.

Sin darle tiempo a responder, Esmeralda habló:

—¡Me estaba espiando! ¡Tenías razón, Juan! —chilló mientras se incorporaba y buscaba la sábana, para cubrir su cola rota.

Clara no sabía qué decir. Estaba paralizada por el

miedo y la vergüenza. Su tío, al ver que no reaccionaba, se acercó a ella, asiéndola de los hombros.

—¿Cómo has podido? ¿Cómo has podido hacer esto? —dijo, iracundo, y la sacudió con fuerza—. ¿Cómo has podido traicionarnos, niña?

Clara se echó a llorar. Se sentía fatal y entendía el enfado de sus tíos, pero jamás alguien la había tratado así. Tenía que decir algo, aunque fuera la última cosa que les dijera a sus tíos en su vida:

—Lo siento, lo siento —profirió—. Tenía que hacerlo. Tenía que ayudar a devolverle el nombre a Coral. ¡Tenía que ayudar a la otra sirena!

Su tío dejó de sacudirla.

—¿Qué has dicho? ¿Qué has dicho sobre otra sirena? —Era Esmeralda la que preguntaba.

—Sí, hay otra —respondió Clara, sollozando—. Es mi amiga. Es como tú, pero más pequeña. Dice que tiene muchos años, sesenta o así, pero es una niña. Es muy simpática y muy divertida. Y muy fuerte. Jugamos mucho. Pero está sola y no tiene nombre y yo quería ayudarla. Quería devolverle su nombre. Todos tenemos que tener un nombre.

Esmeralda se llevó las manos a la cabeza y, ante la estupefacción de Clara, sonrió:

—¡Hay otra! Ahora lo entiendo todo —dijo—. Hay otra y ella me habla. Es una de las voces en mi cabeza. ¡Hay otra sirena! Juan, no soy la última.

Juan, que había soltado a Clara, miraba a su mujer, entre alelado y aliviado. A continuación, se sentó en la cama junto a ella y, tomándola de las manos, cerró los ojos. Empezó a hablar, muy despacio y con voz calmada:

—Clara —le dijo—. Siento mucho haberte sacudido. Perdóname. Pero nos has de contar a Esmeralda y a mí qué es lo que ha pasado. ¡Ahora mismo!

Y Clara, ya más tranquila, les contó la historia. Desde el principio: desde el día en el que vio las inscripciones en la entrada de la cueva, pasando por su primer encuentro con la sirena y acabando con el motivo por el cual estaba en aquella habitación.

—Su nombre —detalló—. Lleva tantos años sola y desde tan pequeña, que no se acuerda de su nombre. Yo pensé que podría devolvérselo; me había fijado que las letras de la firma de tus cuadros, tía Esmeralda, son iguales a las que hay inscritas en su medallón. —Y acto seguido, se sacó el colgante del cuello y se lo tendió.

Su tía lo cogió con manos temblorosas, examinándolo con cuidado.

—Coral. Aquí pone Coral —dijo. Y a continuación, con un rostro aún muy serio y voz severa, le dijo—: Clara, ¿sabes lo que has hecho al llevarte este medallón?

—Me lo ha dejado ella —dijo Clara, a la defensiva.

—Sea como sea —prosiguió su tía—, lo que has hecho, o habéis hecho, es debilitar a Coral: las sirenas tenemos que llevar nuestro medallón, siempre —dijo mientras con su mano izquierda extraía de debajo de su túnica un colgante muy similar al de su amiga—. Ves, este es el mío. Si no lo llevara, seguramente ya no estaría aquí. Esto es lo que nos ayuda a ser tan fuertes, a nadar tan rápido, a vivir tantos años y también a comunicarnos entre nosotras sin tener que hablar...

—¿Por telepatía? —la interrumpió Clara—. Coral

me ha contado que ella puede hablar de esta forma con los delfines y los cachalotes, pero no me dijo nada de otras sirenas.

—Pues sí, podemos —dijo Esmeralda—. No olvides que las sirenas venimos de otros tiempos: tiempos en los que las cosas eran muy diferentes y en el mundo había mucha magia.

—¿Qué le puede pasar a Coral? —preguntó Clara, ansiosa.

—Va a empezar a perder fuerza para nadar y su capacidad para orientarse y para estar alerta —respondió su tía, muy seria.

E iba a decir algo más cuando movió la cabeza con brusquedad, tirándola para atrás, y cerró los ojos con un gesto de dolor, como si algo la hubiera golpeado. Siempre con los ojos cerrados, puso su delicada mano izquierda en la frente y, tras unos segundos en esta posición, su voz adquirió un tono de urgencia:

—¡Coral me está llamando! No sabe que lo está haciendo pero me está pidiendo socorro. La oigo perfectamente, como os oigo ahora a vosotros. ¡Rápido! ¡Corred! Coral está en peligro. Tenéis que ir a buscarla. ¡Inmediatamente!

13

LOS NIÑOS MIEDOSOS

Coral nunca se había sentido así. Le pesaban los brazos, apenas podía impulsarse con la cola y por primera vez en su vida no sabía muy bien dónde estaba.

Después de despedirse de Clara se había sumergido, como de costumbre, para dirigirse hacia mar abierto. Pensaba pasar el resto del día con los delfines, lejos de la costa y de los turistas. Al atardecer, se iría a descansar a la Cueva Pintada, bajo el acantilado más alto de la isla. El lugar secreto donde las sirenas se refugiaban cuando era pequeña. Un lugar inaccesible, en parte porque allí las mareas eran tan fuertes y estaba tan surcado de arrecifes que ningún barco o persona osaba acercarse por allí.

Sin embargo, mientras nadaba en busca de los delfines, la sirena se dio cuenta de que la cabeza le daba vueltas y que estaba perdiendo fuerzas.

—¿Qué me pasa? —se preguntó.

Sintió que empezaba a faltarle el aliento, algo que tampoco le había pasado en su vida. Cada vez le costaba más nadar pero, haciendo un enorme esfuerzo, llegó a la superficie y tomó una bocanada de oxígeno. Se dio cuenta de que no se había alejado demasiado de la playa, así que siguió nadando, sintiéndose cada vez más débil, junto a la costa.

—Tengo que alejarme más —se dijo—. Estoy demasiado cerca de la playa. Es peligroso.

Pero avanzar le resultaba casi imposible. No podía más. A Coral la invadió el pánico.

—¿Qué me pasa? —volvió a preguntarse.

Distinguió el cabo que marcaba el final de la bahía donde estaba la playa. Sabía que, un poco más allá, había una cueva. No era inaccesible ni secreta como la Cueva Pintada, pero podría ser un buen refugio temporal, se dijo. De hecho, tenía que ser el refugio, porque se sentía más y más cansada.

—Pero tengo que llegar —se dijo—. Si no, la corriente me arrastrará hacia la playa.

No quería pensar lo que podría pasarle si eso ocurría, así que, haciendo un esfuerzo brutal, la sirena nadó y nadó, avanzando pesadamente por aquel mar azul cobalto, aquel día plano como un plato. Tras franquear el cabo, siguió nadando cerca de la costa, hasta ver la entrada de la cueva donde iba a refugiarse. Era una gruta mediana, con su media boca asomando por encima de la superficie del mar. Era demasiado visible para ser segura, pero Coral se sentía tan exhausta que no tuvo más opción que recabar allí.

Una vez entró, trepó trabajosamente por una repisa

de piedra hasta llegar a la superficie. Medio atontada, se arrastró hasta llegar a una enorme roca que se había caído del techo y se apoyaba en la pared. Entre pared y roca había un resquicio. Allí se ocultó, confiando que no la verían. Sabía que aquel escondrijo no era demasiado seguro, pero se sentía tan fatigada que no podía moverse más. Sin darse ni cuenta, se quedó dormida.

La despertaron los gritos de unos niños, que provocaron que se le desbocara el corazón. Se quedó quieta. Desde su escondite, la asustada sirena no podía ver nada, pero sí escuchar la conversación:

—PAPÁ, PAPÁ —aulló la voz de una niña—. TENGO MIEDO, NO QUIERO ENTRAR.

—¡Pero si no pasa nada! —respondió una voz adulta, tratando de mantener la calma—. Dejamos el kayak en esa repisa que veis ahí al fondo y bajamos y exploramos la cueva. ¡Como si fuéramos aventureros! Como Indiana Jones. ¡Venga!

—NOOOOOO —respondió una voz, esta vez de un niño—. YO TAMBIÉN TENGO MIEDO.

—MIEDO, MIEDO —chilló ahora también el padre—. ¡Todo os da miedo! Los peces os dan miedo, la arena os da miedo, las algas os dan miedo. ¡No se puede hacer nada con vosotros!

—¡QUIERO VOLVER A LA PLAYA! —contestó uno.

—SÍ, NO QUEREMOS ESTAR EN ESTA CUEVA ASQUEROSA —remató el otro.

—Pero si es una cueva preciosa —les dijo el padre, tratando de controlar su tono de voz—. Es una cueva de sirenas. Estoy seguro de que vienen aquí, por la noche, a dormir.

—ME DAN MIEDO LAS SIRENAAAAS —aulló la niña, y se echó a llorar—. SÁCANOS DE AQUÍ, PAPÁ, SÁCANOS DE AQUÍ.

—SÍÍÍ, ESTO ES ASQUEROSO —repitió el hermano, echándose también a llorar.

Durante unos segundos, solo se oyeron dos llantos infantiles, reverberando por las paredes de la cueva. El padre no decía nada. La sirena confió en que la potencia vocal de sus hijos lo disuadiera de su idea de desembarcar. La recorrió un escalofrío cuando oyó lo que el padre les decía:

—Sois un par de miedosos malcriados. ¡Estoy harto! —sentenció—. Como que me llamo Alfonso que vais a bajar de este kayak y vais a explorar esta cueva conmigo.

Si aquello era posible, los llantos de los niños aumentaron aún más de volumen, pero el padre parecía decidido. Entre el barullo, Coral oyó el sonido de un remo al chocar contra el agua. Se estaban acercando, pensó, y si pisaban la cueva, la verían. La descubrirían y aquello sería el final. Angustiada, pensó en arrastrarse y, como una flecha, lanzarse al agua y desaparecer. En condiciones normales lo hubiera conseguido, pero, pese a haber dormido, seguía sintiéndose muy débil. No podía. «SOCORRO», pensó. «SOCORRO.»

Estaba a punto de unirse a los niños y echarse a llorar cuando sucedió algo inesperado. Al unísono, los dos niños se callaron y, acto seguido, se oyeron dos grandes PLOFS, seguidos de un grito de «¡ANA!, ¡GONZALO!» y un «¡Pero ¿qué cojones hacéis?!».

«Qué malhablada es la gente», pensó la sirena, pero su corazón se aligeró. Parecía que Ana y Gonzalo se habían tirado al mar para no adentrarse más en la gruta.

—VOLVED, VOLVED —les imploraba el padre. A continuación, se oyó otra palabrota, un trajinar de remos y embarcación y otro grito—: VALE, VALE, VO-SOTROS GANÁIS. YA HE DADO LA VUELTA, AHORA SUBÍOS. NO SEA QUE SE OS COMA UN TIBURÓN.

Aquella advertencia fue recibida con nuevos alari-dos de horror. Coral oyó cómo los niños se subían a la canoa y recibían una bronca del padre. Suspiró aliviada cuando oyó que volvían a la playa: «además, se está estropeando el día», comentó el padre. «Parece que va a llover.»

Coral supo que aquel sitio no era seguro; podrían llegar más veraneantes y tener menos suerte. Se propu-so salir de allí, por muy cansada que estuviera. Sin em-bargo, se dio cuenta de que no podía moverse. Por no poder, no podía ni hablar. Solo podía pensar.

En su mente se formó de nuevo la palabra SOCO-

RRO. Y con su mente, la envió. Coral no sabía muy bien a dónde ni a quién, pero sabía que esa era su última oportunidad para ser rescatada. SOCORRO, ESTOY EN LA CUEVA JUNTO AL CABO, volvió a gritar, siempre sin proferir palabra. Tras aquel esfuerzo, se quedó de nuevo dormida bajo aquella roca que, pese a ser enorme, la protegía muy poco.

En la casa de Juan y Esmeralda, los acontecimientos se habían acelerado.

—Hay que devolverle el medallón a Coral, tu amiga está en peligro —le reiteró su tía.

—¿Qué puede pasarle? —preguntó Clara, nerviosa. Estaba a punto de echarse a llorar otra vez.

—Puede desorientarse y perder fuerzas en alta mar y ahogarse —enumeró su tía, ante la consternación de Clara—. Pero tú no podías saberlo. Lo hiciste con la mejor de las intenciones. Ahora lo que tienes que hacer es ayudarla porque, si alguien quiere cazarla, este es el mejor momento —apremió

A Clara la inundó un malestar enorme:

—¡El pescador apestoso estaba ahí esta mañana! —dijo, alarmada—. Tío Juan, el hombre que nos encontramos el primer día, en el bar de Antonio, al que llamaste Lucio. No es la primera vez que lo veo por la playa.

Sus tíos enmudecieron durante unos instantes.

—¿Qué quieres decir? —le espetó su tío—. ¿Lucio está por aquí? ¿Por qué no me has dicho nada?

De nuevo, Esmeralda se llevó sus delicadas manos a la cabeza.

—¡Va a ir a por ella! No pudo tenerme a mí y ahora va a por ella.

Clara permaneció inmóvil, horrorizada, hasta que notó que su tío la tocaba por el hombro.

—Clara, nos vamos ahora mismo. Sacaremos la barca y buscaremos a tu amiga. ¡Venga! ¡En marcha!

Y ya salían del cuarto cuando la voz de Esmeralda los detuvo con un grito:

—¡Esperad! —dijo, todavía con ambas manos cubriéndole la frente—. Coral está comunicándose de nuevo. Sigue pidiendo auxilio. SOCORRO, dice. Está en una cueva, junto al cabo. ¡Apresuraos!

A paso ligero, Juan y Clara se encaminaron hacia la playa por la ruta que ella había recorrido tantas veces desde que había llegado a aquella casa. El calor era tan intenso que apenas hablaban, concentrados en avanzar. Su tío solo rompió el silencio para señalarle, en el horizonte, un grupo de nubes muy oscuras que se aproximaban.

—Son nubes de tormenta —le dijo—. No tardarán en llegar. Eso es bueno, porque vaciarán la playa.

No se equivocaba. Cuando llegaron, vieron que las familias ya estaban recogiendo sombrillas y toallas, ante la inminencia de la lluvia. Clara se fijó en un padre que estaba cargando la nevera y otros trastos en un kayak enorme, color naranja. A su lado, un niño y una niña lloraban a moco tendido.

Caían las primeras gotas pero su tío, impertérrito, siguió avanzando. Clara lo seguía a duras penas. Llegaron al final de la playa, donde Juan tenía un pequeño embarcadero con una puerta de madera pintada de verde. Sacó unas llaves del bolsillo y abrió el candado oxidado que la cerraba. El interior olía a humedad. Clara distinguió una barca de madera con un pequeño motor fueraborda.

—Tendrás que ayudarme a empujar —le dijo Juan, mientras se dirigía hacia la popa de la embarcación.

La operación costó menos de lo que Clara esperaba: el embarcadero tenía una pendiente y la barca se deslizó hasta el mar con suavidad. Una vez allí, su tío se apresuró hacia el interior de nuevo y volvió con un bidón de gasolina. Rellenó el depósito del motor y, durante unos minutos que a Clara se le hicieron eternos, trató de ponerlo en marcha. No hubo manera.

—El motor está ahogado. Tendré que remar —le anunció Juan. Y ni corto ni perezoso, se situó en el

centro de la barca, colocó los dos pesados remos de madera en sus horquillas y empezó a remar vigorosamente. Las discretas gotas de agua de hacía unos minutos se habían convertido ahora en una lluvia intensa que golpeaba con fuerza la superficie del mar.

14

EL HOMBRE APESTOSO

Coral volvió a despertarse. Seguía sintiéndose mal, pero notó que, gracias a aquel último sueño, había recuperado algunas fuerzas. Mientras salía de su estupor detectó un sonido: estaba lloviendo. Más allá de la boca de la gruta, gruesas gotas caían sobre la superficie lisa del mar.

Haciendo un gran esfuerzo, la sirena emergió de detrás de la roca. Pensó en tirarse al agua y, ahora que se notaba más fuerte, tratar de llegar a la Cueva Pintada. «Quizá lo que necesito es dormir y recuperarme, quizá tengo eso que los humanos llaman una enfermedad», pensó.

Continuó arrastrándose por la superficie resbaladiza de la cueva. Por primera vez en su vida sintió frío, un frío intenso, que la recorrió de la cabeza al extremo de la cola. «No sé si voy a poder llegar», pensó, angustiada. Y también por primera vez en su vida, Coral pensó que iba a morir. «Pero no puedo morirme», se dijo. «Las sirenas vivimos muchos años. ¡Todavía no me toca!»

Y en ese instante la asaltó un recuerdo lejano, de cuando era muy niña y vivía todavía con su grupo de sirenas, tranquila y acompañada. Recordó a una sirena muy hermosa y querida, ¡su madre!, colocándole el medallón que le había prestado a Clara. Recordó sentirse feliz, llena de vida, al recibir aquel regalo, y sus palabras: «Este es tu medallón, con tu nombre escrito en nuestra lengua. Eres la última sirena de nuestro grupo que ha recibido su talismán.» Tras ponérselo y mirarla complacida, su madre sostuvo su rostro con sus manos mirándola con todo el amor del mundo pero diciéndole, a la vez, con voz muy seria: «Jamás debes desprenderte de él. Si lo haces, te quedarás desorientada y débil. Empezarás a morir o serás una presa fácil para cualquiera.»

En aquella cueva resbaladiza y húmeda, Coral recordó aquellas palabras de advertencia y entendió por qué se sentía tan mal. «Voy a morirme», pensó, desesperada. «¡Tengo que volver a la playa y esperar a Clara! Es mi única oportunidad.»

Y, con aquel resquicio de esperanza como acicate, se dispuso a entrar en el agua. Sin embargo, no llegó a hacerlo: algo que rápidamente reconoció como una red, gruesa y maloliente, la envolvió por sorpresa, impidiéndole moverse y sumiéndola en el mayor de los desesperos: la habían atrapado. SOCORRO, volvió a gritar, aunque de su boca, de nuevo, no emergió ningún sonido.

Como lo fueron su padre, su abuelo, su bisabuelo y su tatarabuelo, Lucio era pescador. Pero con él acababa la dinastía, porque Lucio no tenía hijos. Vivía solo, en una casa sucia y desordenada, algo apartada del pueblo, que siempre olía a pescado podrido.

A Lucio, sin embargo, no le importaba ser el último. De hecho, nada le importaba. Ni lavarse la ropa o ducharse, cocinar o tener amigos. Lucio, desde hacía años, muchos años, vivía obsesionado por una sola cosa: cazar a una sirena.

En su vida, había visto una vez a uno de estos seres. Pese a que sucedió hacía más de treinta años, no había olvidado aquel encuentro. Lucio era un adolescente y había acompañado a su padre a pescar lubinas una noche de luna llena. Su padre, como solía hacer, se había llevado una botella de licor, que había empezado a beber al poco de salir del puerto. Cuando llegaron a la zona escogida, ya estaba bastante borracho. Sin decir nada a su hijo, se metió en la cabina de la barca y se quedó dormido. Desde que su madre se había marchado de casa, harta de la pobreza, la suciedad y los golpes de su marido, su padre aún bebía más.

No era la primera vez que aquello pasaba, así que Lucio, resignado, se dispuso a preparar los aparejos. Sabía que tendría que faenar él solo, que pescaría poco y que, para colmo, su padre se enfadaría con él por haber atrapado tan pocas lubinas. «¡Qué remedio!», se dijo, y se dispuso a preparar el cebo cuando oyó un chapoteo cerca de la barca. Se levantó de inmediato y lo que vio lo dejó pasmado: sobre la superficie del mar, iluminada por los rayos de una luna llena y redondísima, vio una cabeza. Una cabeza de mujer. Lucio reprimió el grito que iba a emitir. La cabeza parecía no haberlo visto, se dirigía hacia una roca cercana, impulsándose con lo que a Lucio le pareció una cola.

Alterado, entró en la cabina de la barca, un espacio que olía a tripas de pescado y gasoil, y trató de despertar, sin éxito, a su padre. Tan solo después de arrojarle agua con un cubo, Lucio padre abrió los ojos. Continuaba bebido, pero pareció entender lo que su agitado hijo le decía:

—¡Despierte, padre, despierte y salga! —le urgió el hijo—. Ahí fuera hay una mujer, nadando en el mar, con una cola.

Torpemente, el padre se levantó y, sin proferir palabra, cogió el arpón que había en la cabina. Siempre sin decir nada, salió a cubierta y, con un gesto, le pidió a su hijo que le indicara dónde estaba lo que había visto. Lucio, con mano temblorosa, le señaló el lugar donde se había dirigido aquella extraña mujer. La luz de la luna era tan fuerte que ambos podían verla perfectamente: se estaba subiendo a la roca, tenía medio cuerpo de pez y medio de mujer. Era una sirena.

Lucio padre pareció despertarse de inmediato. Le indicó a su hijo, dirigiendo los dedos a sus labios, que guardara silencio. «Vamos a cazar a esa cosa», masculló. «Y nos vamos a hacer ricos.»

Lo que sucedió a continuación aconteció muy rápidamente. Lucio padre se dirigió a la proa del barco con el arpón en la mano. Lucio hijo vio que su padre tenía intención de acercarse al máximo a la sirena y, para ello, se encaramó sobre el pico de la proa, que no era más que una estrecha viga de madera en la punta de la embarcación. Una vez colocado allí, levantó el arpón y se lo lanzó a la sirena, apuntando al corazón. Como todavía iba borracho, falló el tiro, aunque la alcanzó en el extremo inferior de la cola. Lucio oyó entonces dos gritos: el primero, el de la sirena al ser alcanzada. El segundo, el que profirió su padre al caer de la barca.

El joven se acercó rápidamente a proa, dispuesto a ayudar a su progenitor. Sin embargo, este no emergió. En la superficie iluminada por la luna plateada, solo se detectaban los círculos concéntricos que había dejado el cuerpo al caer. Nada más. Lucio empezó a gritar el nombre de su padre, pero este no aparecía. Decidió lanzarse al mar para encontrarlo. Antes de hacerlo, miró en dirección a la roca donde estaba la sirena herida. Se quedó alucinado cuando vio cómo la criatura se arrancaba el arpón, desgarrándose en el proceso parte de su cola. A continuación se lanzó con rapidez al agua, desapareciendo también bajo el mar.

Su padre nunca emergió de aquellas aguas iluminadas por la luna. Unos le dijeron que seguramente se había ahogado a causa del alcohol que había consumido o por un golpe en la cabeza. Sin embargo, Lucio empezó a forjar su propia teoría: había sido la sirena quien, después de lanzarse al agua, había arrastrado a su padre bajo el mar.

A partir de aquel día, Lucio solo tenía una idea en la cabeza: vengarse de aquella sirena. Viva o muerta. Le daba igual. La vendería al mejor postor y que hicieran con ella lo que quisieran.

No le importó que con la desaparición de su padre

su madre volviera a casa y, con ello, también desaparecieran la suciedad y las botellas de vino y de coñac. Le daba igual. Creció y, ante la desesperación de su madre, se convirtió en un hombre huraño y malcarado, la fotocopia de su progenitor. Sus principales actividades eran ir al bar del pueblo y, al atardecer y al amanecer, recorrer la isla con la misma barca en la que murió su padre, en pos de la sirena.

Pero pasaron los años, su madre murió, la casa volvió a ensuciarse y a decaer y Lucio no volvió a ver a la sirena. Nada.

Sin embargo, hacía unos días, había detectado el primer rastro desde aquella noche de pesca: un mechón de cabellos verdes que primero confundió con unos hilos de plástico, enredados en la roca. En la playa cerca de la finca de Juan, ese tipo a quien detestaba y el cual, sabía, guardaba un secreto.

Lucio sospechaba que la misteriosa mujer de Juan, de la que se hablaba en el pueblo, era la sirena que había matado a su padre. Sin embargo, nunca había podido comprobarlo. Una vez se acercó a la finca, para espiar, y fue recibido por el propietario, armado con una escopeta. Probó a acercarse otras veces, pero los postigos de la casa solían estar echados y, además, Juan se hizo construir un muro altísimo alrededor del jardín. Lucio tuvo que conformarse con escuchar las historias, más bien pocas, que se referían a la belleza de la señora de la casa, que estaba enferma y apenas salía de ella.

—Pues por fin ha salido —se dijo, mientras dirigía la barca hacia el cabo que conducía a mar abierto—.

Ha salido. Y esta vez no me voy a quedar sin ella. Voy a vengarle, padre.

Y mientras repetía, una y otra vez, «voy a vengarle, padre», costeó con su barca, recorriendo con sus ojos expertos cada roca y cada arrecife.

Había empezado a llover, pero no le importaba. Él no era un turista comodón como esos del kayak de plástico que había pasado junto a él, con un hombre remando a toda prisa y dos niños llorando a moco tendido. Él era un hombre de mar, un pescador como lo fueron su padre, su abuelo y su bisabuelo, y cuando agarrara a esa sirena, viva o muerta, se convertiría en el pescador más famoso del mundo.

Siguió navegando, ignorando las gotas de lluvia que le caían en su cara y que cada vez eran más fuertes. Cuando llegó al cabo, dudó entre volver o acercarse a la cueva que había cerca para echar un vistazo y, de paso, refugiarse un rato de la tormenta: uno podía ser muy lobo de mar, pero la verdad es que llovía cada vez con más fuerza. Así que, acelerando un poco, Lucio enfiló hacia la gruta.

No tardó en llegar. Al entrar y disminuir la velocidad, reparó que algo se movía sobre las rocas del interior. De hecho: era alguien. Alguien pequeño. «¿Una niña?», se preguntó. Al acercarse y ver de qué se trataba, Lucio experimentó una descarga de adrenalina. Sin titubear, apagó el motor, cogió una red que descansaba a su derecha y, como hiciera su padre más de treinta años atrás, se acercó a la proa de la barca, dejando que la corriente lo llevara hasta el interior de la cueva. Pronto pudo ver mejor a la sirena. Desafortunadamen-

149

te, no era la misma de aquella noche: esta era mucho más pequeña y, también, parecía más torpe. «Se mueve como una tortuga, no como una sirena», pensó Lucio. Pero aquello le iba mejor. «Va a ser una presa muy fácil», pensó mientras agarraba la red con las dos manos. Con pericia, la arrojó sobre la criatura, apresándola. Con un salto, desembarcó en la roca y, con sus brazos enormes, envolvió más a la sirena con la red, la cogió y la lanzó de mala manera sobre la barca.

Al caer, la criatura empezó a agitar su cola y sus brazos. No servía de nada. «Cuanto más te muevas, más te enredarás», le dijo Lucio, sin ápice de compasión en la voz. Como respuesta, la sirena volvió a retorcerse, tratando de zafarse de la red, pero era verdad, así solo conseguía enredarse más.

El chillido de Coral irrumpió en la mente de Clara como uno de esos petardos potentísimos en la noche de San Juan. La llamada de auxilio de su amiga la recorrió de arriba abajo. Estaban a solo unos pocos metros de la entrada de la cueva, pero la lluvia caía ahora con bastante fuerza y el mar estaba empezando a picarse. La barca avanzaba con dificultad.

—¡Tío Juan, más rápido! —imploró Clara—. Coral está en la cueva, está en peligro, ¡me está llamando! ¡RÁPIDO, MÁS RÁPIDO!

Su tío Juan, acostumbrado a la magia de las sirenas, no preguntó a su sobrina cómo era posible que solo ella hubiera oído la llamada de auxilio. Empezó a remar con más ímpetu, en dirección a la boca de la caverna. Sabía que se trataba de una cuestión de vida o muerte.

Allí, junto a las rocas, estaba la barca del hombre apestoso. Clara, al mando del timón, lo dejó para dirigirse hacia la proa, preocupada. ¿Habrían llegado demasiado tarde?

Llovía con tanta fuerza ahora que el hombre apestoso no pareció darse cuenta del ruido que hacían los remos al avanzar. Además, su atención estaba puesta en algo que se movía en la cubierta de su barca. A medida que se acercaban, Clara y su tío vieron lo que era:

—¡Es Coral! —gritó Clara—. ¡Es mi amiga! ¡La ha atrapado!

Aquel grito alertó al hombre apestoso, que dejó lo que tenía entre manos y, con rapidez, cogió un arpón recubierto de óxido que tenía sobre la cubierta. Lo esgrimió ante ellos de forma amenazadora.

—¡Ni se os ocurra acercaros! —dijo.

Su tío Juan hizo caso omiso y continuó remando en dirección a la otra barca. En cubierta, el bulto que Clara había identificado como la sirena había dejado de moverse.

—Os lo he dicho: NO OS ACERQUÉIS —aulló el hombre apestoso y, ni corto ni perezoso, lanzó con fuerza el arpón hacia ellos.

Si Clara y su tío no se hubieran movido, el arpón les hubiera atravesado a uno de los dos. En cambio, se quedó clavado en la cubierta, el mango de madera vibrando por el impulso como la cuerda de un violín.

Lucio, furioso por haber fallado, emitió un rugido y, saltando hacia la barca con una agilidad sorprenden-

151

te, se abalanzó contra su tío Juan. Durante unos instantes, Clara se quedó paralizada: ambos hombres luchaban cuerpo a cuerpo sobre la superficie inestable de la cubierta. Clara temía por su tío: el hombre apestoso era más grande y algo más joven que él. Sin embargo, supo que había algo más urgente que hacer y, con decisión, se levantó y saltó a la otra embarcación.

Coral yacía envuelta en la red, con los ojos cerrados. Parecía inconsciente.

—Tengo que salvarla, tengo que salvarla —se repetía Clara, agitada, mientras trataba de desenmarañar aquellos hilos que apresaban a su amiga.

Coral no se movía. Parecía una muñeca. Clara se acordó de una sirena de trapo, una marioneta con la cola azul brillante que sus padres le trajeron de un viaje a Nueva York y a la que nunca hizo ni caso.

Los dos hombres seguían forcejeando y Clara seguía tratando, sin suerte, de liberar a su amiga. Solo entonces recordó por qué estaban allí. Dejó la red y, con rapidez, se sacó el colgante por la cabeza. No iba a ser fácil, con tanto enredo, pero consiguió meter sus dos manos por los hilos. Como pudo, sostuvo la cabeza inmóvil de su amiga con la mano derecha para, con la mano izquierda, colocarle el medallón, que se posó sobre el pecho de Coral con delicadeza.

Fue como si le hubiera dado una descarga eléctrica. La sirena abrió inmediatamente los ojos y su cuerpo se convulsionó con tanta fuerza que Clara se asustó, profiriendo un grito. El sonido llamó la atención del pescador, quien al ver que su presa se movía tan vigorosamente, hizo lo siguiente:

Dio un fuerte empujón a Juan, lanzándolo por la borda, y se abalanzó hacia donde estaban Clara y la sirena.

—¡Quita de ahí, niña! —le ordenó, mientras se acercaba.

Pero Clara no iba a permitir que nadie hiciera daño a su amiga. Desesperada, se agarró a la pierna del hombre apestoso y, haciendo de tripas corazón, le dio un mordisco: un mordisco muy fuerte.

El hombre no se esperaba aquello. Empezó a dar patadas, tratando de zafarse de Clara. La niña, sin embargo, permanecía firmemente agarrada a aquellas espantosas piernas. Al ver que no se desenganchaba, Lucio se inclinó hacia ella, dispuesto a sacársela con las manos.

Fue el momento que Coral aprovechó para darle un coletazo en la cabeza.

Un coletazo tan fuerte que hizo que Clara soltara las piernas del hombre, quien salió despedido por la borda por el impulso. La diferencia, por eso, fue que, mientras su tío había caído al mar, Lucio se precipitó sobre una roca: *CROC*, se oyó, para después no oírse nada más.

—¡Clara, Clara! ¿Estás bien? —Era la voz de su tío, quien trataba de subirse a la barca de nuevo. Clara estaba sentada en la cubierta de la barca, anonadada. A su lado, la sirena trataba de librarse del resto de la red.

—¡Estoy bien, tío! —respondió—. Pero tienes que ayudarme a sacar de aquí a Coral.

Su tío se metió en la cabina de la barca, de donde emergió con un cuchillo oxidado.

—Esto servirá —dijo. Y empezó a cortar los hilos, hasta liberar por completo a la sirena.

—Gracias. *Gràcies. Grazie. Merci. Thank you. Dank* —recitó la criatura, una vez vio que estaba libre.

Coral, se percató Clara, estaba tan pálida y asustada como ella, pero había dejado de ser aquel cuerpo inerte de hacía unos pocos minutos. Clara se acercó y la abrazó.

—¡Perdóname! —le dijo, mientras la apretaba con fuerza—. Hice que te sacaras el medallón y casi te mato. Lo siento, lo siento —repitió, mientras se echaba a llorar.

—No te preocupes —le dijo la otra—. Estoy bien. No ha sido culpa de nadie: yo no me acordaba de que una sirena nunca puede ir sin su medallón. Cuando lo recordé, era demasiado tarde. Y tú no podías saberlo. Pero me has salvado. ¡Gracias! Gracias por venir a rescatarme.

—He venido con mi tío Juan porque resulta que mi tía, su mujer... —Clara no acabó la frase. Dejó ir a su amiga y se giró para mirar a su tío, dándose cuenta de que no estaba allí. Se incorporó para buscarlo y vio que estaba en la cueva, junto al cuerpo inmóvil del hombre apestoso. Tenía la cabeza apoyada en su pecho, tratando de oír el corazón, como hacían en las películas.

—¿Está...? —acertó a preguntar Clara—. ¿Está muerto?

Su tío se incorporó y, con rostro preocupado, le dijo:

—No. Su corazón late, pero se ha dado un golpe

muy fuerte en la cabeza y está inconsciente. Tenemos que sacarlo de aquí y llevarlo al hospital.

—¡¿Al hospital?! —chilló Clara.

—Sí, Clara, hay que tratar de salvarle la vida.

—Pero cuando se cure, volverá a buscarla. ¡La matará! —protestó Clara.

—Clara —dijo su tío, con voz muy seria—. No podemos dejar a Lucio aquí. Yo lo detesto tanto como tú, pero abandonarlo sería un crimen. Cogeremos su barca, que tiene motor, y dejaremos la mía amarrada. ¡Ayúdame, niña! Tenemos que subirlo.

Clara se quedó quieta durante unos segundos, mientras pensaba. Miró consecutivamente a su tío y a la sirena y, cuando vio que esta asentía con la cabeza, entendió.

—De acuerdo, pero primero voy a ayudar a Coral a volver al mar.

La aludida abrió mucho los ojos.

—¿Coral? ¿Me llamo Coral? —dijo.

—¡Sí! Te llamas Coral. Casi te mato por devolverte tu nombre, pero te llamas así —respondió Clara—. Y también puedo decirte que no eres la última sirena del Mediterráneo. Hay otra.

15

LA CUEVA PINTADA

Lucio no murió pero, después de lo que los médicos llamaron «una grave contusión en la cabeza», ya no fue el mismo. De hecho, se convirtió en alguien mejor.

El golpe le causó, primero de todo, una amnesia. No se acordaba, decía, de nada de lo que había pasado. Ni cómo había llegado a aquella cueva ni cómo había caído o cómo había sido rescatado por Juan.

Los recuerdos de la vida de Lucio no eran muy buenos, así que, al dejar de tenerlos, dejó de tener amargura. Sonreía en vez de gruñir y ayudaba en vez de molestar. En el hospital, donde le atendieron muy bien, descubrió que le gustaba hablar con la gente. Afortunadamente, se acordaba de las cosas más prácticas de la vida, como cocinar y atarse los zapatos. Se acordaba asimismo de cómo pescar, pero había decidido dejar de hacerlo. No sabía muy bien por qué, pero intuía que ya era hora de dejar de molestar a los peces y a otras criaturas del mar. Así que decidió que era mejor recoger los plásticos que ensuciaban la playa o flotaban por la superficie que pescar a los seres que vivían bajo ella. Cada día, Lucio dedicaba un rato a llenar con esos plásticos una bolsa de basura que después reciclaba en el contenedor amarillo del pueblo.

También se vendió la barca de su padre y, con lo que sacó, se arregló su casa, que dejó de estar sucia, despintada y desordenada. Se instaló un termo de agua caliente y una ducha moderna, con una alcachofa enorme. Dejó de apestar y se compró algo de ropa nueva. Antonio, el propietario del bar, que era primo segundo de su madre, se apiadó de él y le propuso que le ayudara en el negocio. Juan y Clara se lo encontraron un día, a finales del verano, cuando les sirvió la Coca-Cola y la cerveza en la terraza. Después de hacerlo, se los quedó mirando unos segundos, como si tratara de recordar alguna cosa. Al ver que no podía, negó con la cabeza, sonrió, y dijo:

—Ahora les traigo las patatas fritas.

Y se fue hacia el interior del bar, tarareando la canción del verano.

Clara y su tío Juan se dirigieron una mirada cómplice. Las últimas semanas habían sido tan intensas que entre ellos se había creado un vínculo más fuerte que el parentesco.

Después de su aventura en la cueva y de llevar a Lucio al hospital, habían vuelto a casa, donde los esperaba una ansiosa Esmeralda. Allí, Clara les contó su historia con más detalle: cómo había conocido a Coral, qué había hecho durante todas esas semanas y la intensa amistad que había entablado con la sirena. También les explicó que los había oído esa noche, mientras se bañaban en la balsa, y lo mal que le habían sentado las palabras de Juan.

—En verano mi piel se seca más de lo normal y necesito humedecerla; si no, me encuentro mal —le explicó Esmeralda—. Lo suelo hacer en la bañera de casa o con la manguera, pero esa noche hacía tanto calor que fuimos a la balsa. Estábamos un poco desesperados, Clara.

—Con el cambio climático, los veranos son más tórridos y largos: el calor no da tregua y a Esmeralda cada vez le sientan peor —continuó Juan—. A finales de julio tu tía estaba fatal: por eso decidimos que era mejor que no la vieras y dejamos de cenar juntos.

—Además, empecé a oír las voces —añadió ella—. Ahora entiendo que una era de tu amiga, pero, al principio, pensé que me estaba volviendo loca. ¡Hacía tantos años que no oía a otra de mi especie!

—¿Las has vuelto a oír, desde ese día? —le preguntó Clara.

—A tu amiga, a Coral, no. Pero a la otra, sí: ha tratado de comunicarse conmigo un par de veces. Ahora percibo que está más cerca y más tranquila. Creo que parte de su angustia ha desaparecido, porque a mí ya no me afecta tanto recibir sus señales.

—Sentimos mucho no haberte dicho la verdad —interrumpió su tío.

—¡Oh! No podíais contarme una cosa así; es demasiado importante —respondió Clara, para después añadir—: Pero no os preocupéis. Vuestro secreto estará seguro conmigo.

—Quedamos tan pocas —dijo su tía, con voz triste—. No hace tantos años éramos muchas; vivíamos en las profundidades, en la costa y en las cuevas. Cantábamos en las playas. No molestábamos y no nos molestaban. Pero empezaron a llegar barcos y más barcos. Y se empezaron a hacer más y más casas y hoteles gigantescos en las playas y en las costas que antes eran nuestras. El mar se llenó de gente, de ruido, de plásticos y otras porquerías y muchas no pudieron soportarlo, se marcharon hacia mares menos contaminados y no volvimos a verlas. Otras se dejaron morir y algunas, como yo o tu amiga Coral, tratamos de adaptarnos. Aunque, como ella, yo por poco muero.

Entonces su tía le contó su historia: cómo una noche de luna llena un pescador la arponeó, no muy lejos de allí, y aunque pudo arrancarse el arpón y escapar, quedó muy malherida. Tanto, que perdió el conocimiento y la marea la arrastró hacia la playa.

—Yo, esa mañana, no me preguntes por qué, me desperté temprano y tuve una necesidad imperiosa de ir a la playa. La vi tan solo llegar: estaba tendida en la orilla, inconsciente, la sangre tiñendo el agua, el final de la cola amputado —explicó su tío—. La cogí en brazos y, corriendo, la traje a casa. La curé, rezando a no sé qué Dios para que sobreviviera. Me había enamorado de ella, ¿sabes? Aunque todavía no había abierto los ojos ni me había dicho palabra.

—Desde ese día estamos juntos —añadió Esmeralda—. Pero nuestro secreto es demasiado grande para contarlo. Solo lo sabe Carmen, quien siempre ha estado en la familia y ayudó a Juan a cuidarme.

—¿Y tú? —preguntó Clara a su tía—. ¿No querías volver al mar?

—No. Cuando conocí a Juan, supe que este era mi destino. Además, con la cola rota no soy la que era y el mar hoy es demasiado peligroso para mí. Pero, de tanto en tanto, Juan me lleva y nado.

—Una vez casi nos descubrieron —interrumpió Juan—. ¡Fueron tus padres, precisamente! Nos vinieron a visitar, antes de que tú nacieras. Nosotros nos confiamos y una noche llevé a Esmeralda a la playa. Estábamos nadando cuando oímos voces. Eran tus papás, quienes también habían pensado que era una muy buena idea irse a dar un baño bajo la luna. Vieron a Esmeralda, pero pensaron...

—... que habían visto un delfín. —Clara recordó la historia que su padre le había contado antes de ir a casa de los tíos, algo que le parecía que le había pasado hacía muchísimo tiempo.

Los siguientes días, los del final del verano, fueron los más felices de la existencia de Clara.

Una vez revelados todos los secretos, la vida en la casona de sus tíos se hizo mucho más fácil: era como si se hubiese disipado una penumbra, sutil pero persistente, entre ellos tres. Ahora Clara los entendía y ellos contaban con ella. No solo se retomaron las cenas en familia, también la invitaban a compartir ratos con ellos con más frecuencia. A veces, ayudaba a su tío a refrescar con la manguera a su peculiar tía, o chapoteaban los tres en la balsa, encantados de la vida. El calor asfixiante había aflojado un poco y Esmeralda empezó a encontrarse mejor: su piel volvió a brillar y desaparecieron las profundas ojeras negras bajo sus ojos. Volvió a sonreír, a cantar e, incluso, la invitó a pintar con ella, en su terraza. Le contó que dibujar aquellos paisajes submarinos le recordaba a sus años «ahí abajo» y, en cierta manera, la ayudaba a superar la nostalgia que a veces sentía por su otra vida. También le enseñó el alfabeto de las sirenas y algunas palabras en su lengua, que, a diferencia de Coral, ella no había olvidado.

¿Y Coral? Después del incidente con Lucio, Clara creyó, angustiada, que había desaparecido. Durante tres días interminables, montó guardia en la zona de la cueva, junto al acantilado, esperando reencontrarla. En un par de ocasiones tuvo la sensación de que la oía en su cabeza, como la oyó el día en que la rescataron, pero Coral no aparecía y Clara se desesperaba. «No volveré a verla más», pensó la tercera mañana, tras pasar dos horas sentada en una roca, la vista fija en el mar, quieto como un espejo.

Al ver que el sol ya ascendía con rapidez y temiendo que llegaran los primeros turistas a la playa, Clara empezó a incorporarse, resignada a volver a casa. Fue entonces cuando oyó el ya familiar plop y vio cómo sobre la superficie del mar aparecía la cabeza de su amiga, que le lanzó una despampanante sonrisa verde. Sin sacarse ni los shorts ni la camiseta, Clara se lanzó al agua.

—¡Coral! —le dijo—. Pensaba que no vendrías más. ¡Qué contenta estoy!

—Bueno, he tenido que descansar un poco para recuperarme —le respondió la sirena—. Esto de no tener el medallón durante unas horas y estar a punto de ser asesinada por un pescador no se supera así como así. He necesitado un tiempo para reponerme.

Clara abrazó a su amiga:

—¡Qué contenta estoy! —repitió.

—Yo creo que aún lo estoy más —dijo Coral—. No solo porque no estoy muerta ni disecada o metida en una pecera gigante, sino porque se me han cumplido más deseos de los que podría desear.

—¿Como saber cómo te llamas?

—Sí, por supuesto. Un nombre estupendo, por cierto —continuó la sirena—. Pero también estoy muy contenta porque sé que ya no soy la última, que hay otra como yo. Aunque esté en tierra firme y un poco lejos. ¡No te puedes imaginar la alegría que eso me da! Y la tranquilidad —añadió—. Esto de ser la última de una especie era una responsabilidad terrible. Y una tristeza tremenda.

Sí, realmente era muy triste. Desesperante, pensó Clara. «¿Por qué?», se preguntó. «¿Por qué los hombres somos tan destructivos? ¿Por qué tenemos que acabar con unos seres tan hermosos como la sirenas?»

—Pues porque el ser humano es codicioso —dijo su amiga, como si le hubiera leído la mente—. Siempre quiere más. Y más. Y eso, Clara, es insostenible. Tenéis que parar porque, si no, os quedaréis sin nada.

Clara asintió en silencio.

—Pero ¡anímate, chica! —le instó su amiga—.

Además, tengo dos cosas que explicarte: la primera es una experiencia que he tenido estos días. Una experiencia sobrenatural que creo que a ti, que siempre me estás contando historias de miedo, te va a encantar.

—¿Qué te ha pasado?

—Pues que he visto un fantasma —le aseguró Coral, como quien no quiere la cosa.

—¡¿Un fantasma?! ¿Cómo? ¿Dónde?

—Pues en mi cueva. Mientras dormía. Bueno, no, no mientras dormía exactamente, porque lo he visto. Con estos ojos —dijo Coral, haciendo un gesto dramático con las manos y llevándose la punta de los dedos hasta sus ojos—. Así que debía de estar despierta, obvio. Lo vi un par de veces: era el fantasma de una sirena. Una sirena de cabellos oscuros, con ojos del color de los abismos marinos. La primera vez se me apareció al final de la cueva y la vi como desdibujada, como ectoplasmática. La segunda vez, estaba a mi lado y me miraba, fijamente, con esos ojos negrísimos, sin decir nada. Estuvo así unos segundos y ¡desapareció!

—¿No tuviste miedo? —le preguntó Clara, maravillada, pero también un punto celosa. Una de sus ilusiones en la vida era ver un fantasma.

—Pues la verdad, no. Después de todo lo que me ha pasado, Clara, ver un espectro o un ectoplasma o un espíritu o lo que sea que fuera lo que vi, no me impresiona. ¡Al revés! Incluso me hizo sentir un poco acompañada. Ha sido una recuperación larga y la cueva es muy grande: una puede llegar a sentirse minúscula, allí, pasando tantos días tumbada y sin salir. Tan débil

164

como he estado —dijo con un toque dramático—. Pero, hablando de la cueva —continuó—: hoy tengo una sorpresa para ti. Para mi mejor amiga. ¡Ven! ¡Agárrate a mis hombros!

Clara obedeció y, como una centella, Coral emprendió la marcha. Niña y sirena nadaron bordeando la costa hasta mar abierto. Desde allí, Coral enfiló hacia el acantilado.

—Sujétate con fuerza. Aquí hay una corriente un poco fuerte.

Clara obedeció. Tenía un poquito de miedo, así que optó por cerrar los ojos y asirse con fuerza a los hombros de Coral. Cuando los abrió, vio que estaban justo debajo del acantilado más alto de la isla. Frente a ella se levantaba una pared formidable de roca que parecía llegar hasta el cielo.

—Clara, ahora vas a tener que aguantar la respiración —le indicó Coral—, porque vamos a sumergirnos y te voy a llevar a la Cueva Pintada, el refugio de las sirenas. No, no te preocupes, en la cueva hay oxígeno: lo único es que, para llegar a ella, antes tenemos que atravesar un túnel que va por debajo del agua. Son unos quince metros. ¿Crees que vas a poder?

Clara calculó con rapidez: la piscina de su antigua escuela tenía veinticinco metros y ella era capaz de bucearla casi toda sin respirar.

—Sí —le dijo.

—Okey. Pues agárrate aún más fuerte, que ahí vamos. ¡Coge aire!

Y se sumergieron. Clara no llevaba las gafas de bucear pero, pese a ello, vio la entrada de una gruta, bajo el acantilado, con una nitidez que la sorprendió: su vista bajo el mar parecía estar mejorando. Por allí fue Coral, que buceaba a toda velocidad por un túnel estrecho.

Si hubiera podido explicarle a alguien lo que experimentó durante los largos segundos en los que atravesó el túnel, Clara hubiera confesado que sintió algo muy parecido al terror. En realidad, lo que experimentó fue claustrofobia: el miedo a los espacios cerrados. Cuando emergió por fin a la caverna donde la llevaba su amiga, el corazón le latía a mil por hora.

—Ha sido horri... —empezó a decir, pero, al ver donde estaban, calló y se dedicó a mirar.

La cueva era enorme y, debido a alguna extraña fosforescencia, estaba iluminada. «Como por velas invisibles», pensó Clara. En el fondo, lamida por el agua, había una gran repisa de piedra. Una superficie lisa y amplia donde imaginó que habían descansado las sirenas que habían vivido allí. Del techo pendían docenas de estalactitas, algunas de más de dos metros de largo. El aire era fresco, pero no hacía frío. El silencio era absoluto. Era un lugar misterioso y hermoso y Clara iba a decir aquello en voz alta cuando vio algo más que la dejó anonadada:

Todas las paredes de la cueva estaban pintadas.

Como en las cavernas prehistóricas, esas que había estudiado en el colegio y que siempre le habían parecido muy bonitas, con pinturas de ciervos, bisontes y caballos y huellas de manos. Sin embargo, en aquella cueva solo había dibujos de animales marinos: de delfines y de ballenas, atunes e, incluso, focas. Además de peces más pequeños, pulpos, medusas y estrellas de mar. Y, por supuesto, sirenas. Sirenas de todos los tamaños nadando, bailando, cantando y tirándose de cabeza al mar. Sirenas jóvenes y viejas, sonrientes y serias, con colas más o menos largas y melenas lisas y rizadas, que las observaban desde todos los rincones de la gruta.

—Son mis antepasadas —le dijo Coral—. Aquí están todas. Todas las sirenas que, desde hace miles de años, han vivido sin molestar a nadie en esta parte del Mediterráneo.

Clara dio unas brazadas hasta alcanzar la repisa de piedra. Salió del agua. Coral la siguió.

—¿Dónde estás tú? —le preguntó.

—Ven.

Con esa agilidad que nunca dejaría de sorprenderla, Coral saltó hasta la repisa y empezó a arrastrarse por la roca, hasta llegar a una pared.

—¡Aquí!

Efectivamente. Ahí estaba Coral. La sonrisa radiante y el medallón en el pecho. Pintada cuando era más pequeña, seguramente por otra sirena, se dijo Clara; quizás esa sirena viejita que estuvo con ella hasta sus últimos días.

—Y mira lo que he hecho estos días —dijo Coral, señalándole una figura cercana.

Clara se acercó hacia donde le indicaba su amiga.

Dibujada con pigmento negro, había otra niña, algo mayor. Tenía el pelo largo, llevaba unos shorts, unas gafas de bucear sobre la cabeza y también sonreía. Clara aún no lo sabía, pero aquella era la única figura de toda la caverna que, en vez de cola o aletas, tenía ¡piernas! Clara era el primer ser humano que se había dibujado en las paredes de la Cueva Pintada, la cueva secreta de las últimas sirenas del Mediterráneo.

APÉNDICE:
ALFABETO DE LAS SIRENAS

Por Olivia Walker y María Iglesias

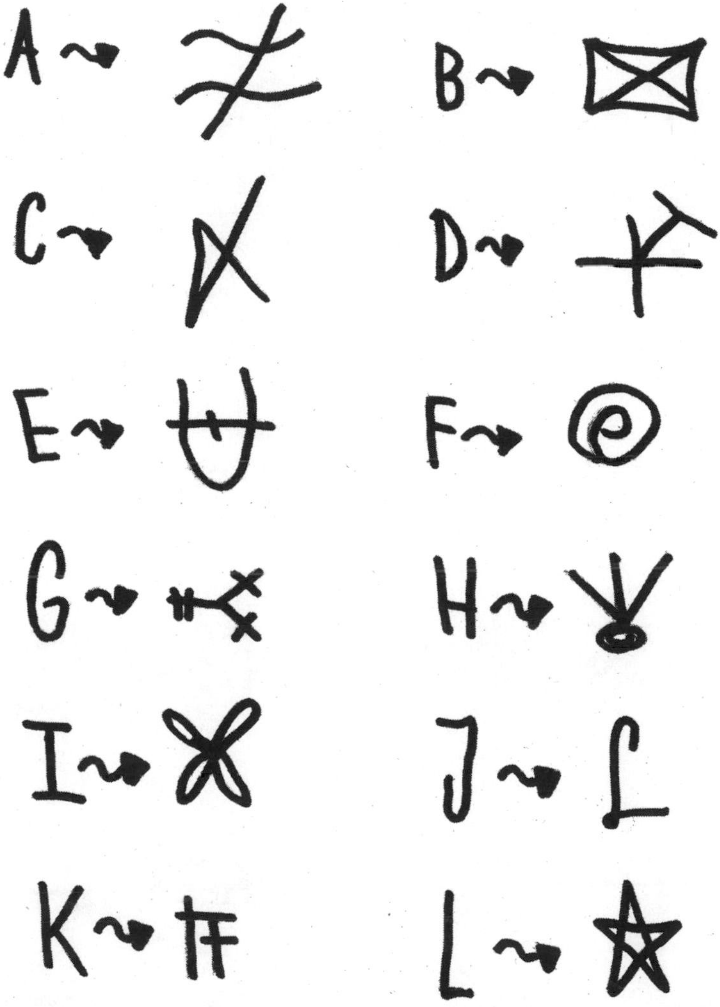

A → ≠

B → ⊠

C → ⋈

D → ⅄

E → ⊎

F → ◎

G → ⤜

H → ⌄

I → ✳

J → ⌐

K → ⊩

L → ★

M →

N →

O →

P →

Q →

R →

S →

T →

U →

V →

W →

X →

Y →

Z →

ÍNDICE

Eva Millet Malagarriga (Barcelona, 1968) es periodista, licenciada en Ciencias de la Información por la UAB. Ha trabajado en Londres para el diario *The Guardian* y la BBC radio, medio del cual fue corresponsal en México. Es colaboradora habitual del *Magazine* de *La Vanguardia*, así como del grupo RBA y de la revista *Historia y vida*. Impulsora del blog *www.educa2.info*, especializado en educación, es autora de los exitosos ensayos *Hiperpaternidad, del modelo mueble al modelo altar* e *Hiperniños: ¿hijos perfectos o hipohijos?* (Plataforma) que han popularizado el concepto de hiperpaternidad en nuestro país. En 2018 se proclama ganadora del Premio Boolino de Narrativa Infantil, debutando así en el terreno de la ficción con el libro *La última sirena*, publicado por B de Blok (Penguin Random House Grupo Editorial).